博徒

はぐれ同心 闇裁き10

喜安幸夫

時代小説

二見時代小説文庫

目次

さむらい博徒──はぐれ同心闇裁き10

一　さむらい博徒

すこしばかり往還《おうかん》の土が舞い上がる。

いくらか吹いている風がひやりと冷たく、秋の深まりを感じさせる。

冷たくなったのは、風ばかりではない。

それは、諸人《もろびと》がひとしく感じていることであった。

夏から秋に衣替えをしてから、花のお江戸だというのに、男はもとより女の着物の色柄もますます地味になったように感じられる。帯の生地まで、上物はすっかり見なくなった。往来に見る人々の姿が質素で地味になったばかりか、荷馬の列も大八車の景気のいい音も人足たちのかけ声も、すっかり萎《な》えてしまっている。

(これじゃそのうち、世間が黙っちゃいませんぜ。松平《まつだいら》の殿さんよう)

茶店の縁台に腰かけ、さっきから街道のながれを見ている二本差しには、誰よりも強く思われてくる。そこには、憎悪に近いものさえながれていた。

ご政道そのものが華やかで、遠くに近くに槌音や埋め立ての土砂を運ぶ人足たちのかけ声が聞かれた田沼意次《たぬまおきつぐ》の時代から一転し、なにごとも質素倹約の松平定信《さだのぶ》が老中首座に就いてから、二年の歳月がながれている。

看板に据えた〝謹厳実直〟など聞こえはいいが、現実の幕政は何事もご停止《ちょうじ》で世間から活気を取り除くだけのものとなっていた。

寛政《かんせい》元年(一七八九)の秋の一日だ。

鬼頭龍之助《きとうたつのすけ》がそこを通ったとき、まだ息があった。

東海道の新橋である。江戸城の外濠《そとぼり》につながる掘割の水が下を流れている。

武士のようだ。橋脚《きょうきゃく》につかまっている、というよりも絡《から》まっている。上を行く大八車の響きは聞こえていようか。懸命に声を出そうとするが、うめき声は出ても橋の上にまで届く声を出す力はすでにない。ときおり絞り出しても、下駄の響きや雪駄《せった》の音にかき消される。自力で這《は》い上がるなどさらにできなければ、下に人がからまっているなど気づく者もいない。

龍之助もその一人で、気づかずに渡ったのだ。

八丁堀を出たその足は、新橋を渡ってからさらに南へ雪駄の音を立てた。足元から土ぼこりがわずかに舞う。

すでに朝のうちではなくなっているが、太陽はまだ東の空に低く、午《ひる》にはまだまだ間のある時分だった。

着ながし御免の二本差しに黒羽織で髷《まげ》が小銀杏《こいちょう》とくれば、誰が見ても八丁堀の同心にしか見えない。しかも悠然と座ったのが、街道で天下の往来に面した茶店とはいえ神明宮《しんめいぐう》の門前町とあっては、知らぬ者には異様な光景に映るかもしれない。

どこの寺社でも門前町といえば、そこを仕切る貸元《かしもと》がいて、昼間でも奉行所の役人が踏み入るのは困難で、着ながし御免の八丁堀を見ることなどほとんどない。

だが神明町の茶店・紅亭《べにてい》の縁台では、八丁堀がゆっくりと茶をすすっているのは日常のことで、

「これは旦那。ご苦労さんにございます」

と、わざわざ寄ってきて挨拶をする住人もいる。

もちろん土地の貸元に、

「いま奉行所の同心が縄張内《しまうち》に……」

と、すぐさま報告は入る。

それだけで他の門前町なら緊張が走り、物見《ものみ》の若い衆が出張《でば》ってきて、

『へへ。八丁堀の旦那が、町《うち》になにかご用ですかい』

と、威嚇と同時に、来た目的はなにか探りを入れることになる。

来た。

若い衆ではない。若い女だ。

着ながしに黒羽織の鬼頭龍之助が、

「まったく、お江戸も住みにくくなりやがったなあ」

奉行所の役人が口にしてはならないことを独《ひと》りつぶやき、湯飲みを縁台に音を立てて置いたところだ。

「旦那ア、聞こえていましたよ」

語尾に抑揚をつけた、いくらか甘えたような口調だ。

「おう、おめえか。ちょうどよかった。さあ、行こうか。石段下のおめえの部屋だ。ちょいと確かめたいことがあってなあ」

「あら、あたしもですよう。旦那がここへおいでと聞いたもので、大松《だいまつ》のお貸元と代《だい》貸《がし》さんもそろっています」

「ほう。やっぱりあいつらもそうかい」

言いながら縁台から腰を上げた龍之助に、

「旦那、帰りもまたお寄りを。お甲姐《こうねえ》さんもよろしゅう」

「はい。またね」

店の中から出てきて愛想よく言う茶汲み女に、仲居姿のお甲が返した。お甲を〝姐さん〟と称んだ茶店・紅亭の茶汲み女は、近所の長屋のおかみさんでお甲よりも年増《としま》だ。それでも〝姐さん〟と称ぶのはお甲が美形で、江戸中の貸元衆から垂涎《すいぜん》の的《まと》となっている名うての女壺振りだからであろう。

そのような女と八丁堀の同心が、神明宮の門前町の表通りに肩をならべて歩を進めている。役人が寺社の門前町の茶店に座っているのが異様なら、通りを女壺振りと肩をならべ歩いているのなどはさらに異常でしかない。北町奉行所の同輩がその姿を見たなら、目を剝いて驚くはずだ。

門前町でもどこでも悠然と入って行けるのは、以前はこの近辺の町場で無頼《ぶらい》を張っていた龍之助ならではの芸当である。

東海道から神明宮への参詣人は、街道に出ている〝茶店本舗　紅亭　氏子中〟と大書された幟《のぼり》が目印になり、その枝道を西へ入れば、一丁半（およそ百六十米《メートル》）ほど先に鳥居《とりい》と石段が見える。これが神明町の通りだ。

いずれの門前町もそうだが、人出はあるもののかつてのにぎわいはない。松平定信の奢侈《しゃし》ご法度《はっと》の触れ出しが、陽が落ちてからの門前町ばかりでなく、昼間の参詣人の足まで遠ざけてしまっているのだ。

それでも黒羽織の龍之助が神明町の通りにシャーッ、シャーッと雪駄の小粋な音を立てれば、

「ご苦労さんでございます」

「いつもお世話さまで」

と、両脇の商舗《みせ》や往来の者から声がかかる。

門前町にはつきものの、裏稼業たちの勢力争いや酔客らの喧嘩、女と客の派手な揉め事など、ここ数年、神明町では縁遠いものとなっている。町の裏も表もいたって平穏なのは、この一帯を定町廻《じょうまちまわ》りの範囲としている鬼頭龍之助と、土地の貸元である大松一家との脈のつながりが、珍しいほどうまくいっているからであることを、住人らはよく知っているのだ。

「貸元の弥五郎《やごろう》に代貸の伊三次《いさんじ》もそろっているのかい」

「あい。旦那が街道の茶店においでと聞くと、二人ともすぐ来て話があるから、と」

「それでおめえが呼びに来たのか」

「あい」

「だったら左源太《さげんた》はどうしたい。来ていねえのか」

「若い衆が伊三次さんに言われて呼びに行ったから、もう来ているかもしれません。実は左源《さげん》の兄《あに》さんからも、あとで旦那にちょいと」

「ふむ」

神明町の通りに歩を踏みながらお甲が言ったのへ、龍之助はうなずいた。

あとで……すなわち大松一家を除き、

(三人で話したいことが)

と、お甲の含みのある言葉に、龍之助は肯是《こうぜ》のうなずきを示した。

話しているうちに、二人の足はもう石段の下に来ていた。そこにも〝紅亭〟の文字を染め抜いた暖簾《のれん》が出ている。割烹《かっぽう》の紅亭だ。街道おもての茶店の紅亭が〝本舗〟なら、石段下の紅亭は支店ということになる。だが、往還にまで縁台を出す茶店と違い、料亭らしい玄関に中も襖《ふすま》で仕切った座敷がならんでいるとあっては、こちらのほうが本店のように見える。しかも場所が神明宮の石段下とあっては、神明町の一等地なのだ。

「さあ、旦那」

お甲が先に立ち、割烹・紅亭の暖簾をくぐった。仲居の着物を着ておれば、まるで外でつかまえた客を案内してきたように見える。

「あら、旦那。奥で貸元の弥五郎親分と代貸の伊三次さんが」

「おう。だから来たのだ」

玄関の板の間で迎えた女将《おかみ》へ龍之助は返し、腰の大小をはずしてお甲に渡すと、慣れた足取りですたすたと廊下を奥へ向かった。

「女将さん。あとはわたしが」

と、お甲も女将に言うと、龍之助の大小を胸に抱え込むように持ち、あとにつづいた。

向かったのは客用の座敷ではなく、お甲の部屋だった。

住み込みの仲居で一人部屋をもらっているのは、紅亭ではお甲一人だ。それも押入れ付きの六畳と、仲居一人の部屋にしては広い。

龍之助の要請で大松の弥五郎が手配したのだ。お甲が名うての女壺振りとあっては大松の弥五郎は下へも置かぬ扱いで、女将にも意を含み日ごろは仲仕事をしても他用のあるときは客分になるという日常を、紅亭の中でお甲は送っている。

他用とはもちろん大松一家が賭場《とば》を開いたときだが、もう一つ賭場よりも優先する〝他用〟がある。

龍之助がお甲へ秘かに、

――この者、当方の存じ寄りにつき……

と、認《したた》めた手札《てふだ》を渡しているのを知っているのは、大松の弥五郎と代貸の伊三次だけである。すなわち、お甲は龍之助の分身ともなるのだ。

もう一人、これは公然とだがおなじ手札を渡している者がいる。左源太だ。いわば左源太が龍之助のおもての岡っ引なら、お甲は隠れ女岡っ引となろうか。

「おう、俺だ。開けるぞ」

龍之助が廊下から声を投げ入れたのは、お甲の部屋だ。龍之助が大松の弥五郎と会うときは、いつもお甲の部屋が使われる。

「へい、旦那。待っておりやした」

聞こえたのは左源太の声だった。

龍之助と弥五郎が差しで会うのはめったにない。多くはこの顔ぶれになる。龍之助にお甲と左源太、それに弥五郎と伊三次の五人だ。だからお甲の部屋は、普段から広くとってあるのだ。

それに、この顔ぶれが集まった座には特徴があった。

胡坐居《あぐらい》で円座になる。お甲も足を崩して座る。

そのほうが、お互いに話しやすい。

「俺からも聞きたいことがあってな。それできょうは八丁堀から呉服橋に寄らず、直接こっちへ来たのだが、おめえらからも話があるとは、ちょうどよかったぜ」

言いながら龍之助は畳に腰を下ろした。

円座といっても、弥五郎と伊三次が隣り合わせにならび、お甲と左源太が龍之助の両脇を固め、双方がほぼ向かい合うかたちになるのは自然のながれで、いつものことだった。

「さあ、聞こうかい。おめえらの話からよ」

この顔ぶれで龍之助の口調がかつての無頼のころに戻るのもまた、自然のながれだった。そのころから左源太は龍之助を〝兄イ〟と呼び、最も身近な一人となっていたのだ。

龍之助が弥五郎と伊三次へ交互に視線を向けたのへ、

「おう。おめえからご説明申しあげろ」

「へい」

弥五郎にうながされ、

「昨夜、いつものもみじ屋でちょいと開帳いたしやして」

伊三次が話しはじめたのへ、左源太とお甲がうなずきを入れた。隠れ岡っ引が壺を振り、表の岡っ引の左源太がその盆茣蓙《ぼんござ》で丁半を張っていたのだから、これも異常と言うほかはない。しかし、そこから得るものは多い。

「それは分かっているぜ。だからきのうもお上《かみ》の手は入らず、客たちにゃ楽しく遊んでいってもらったろう」

「へえ。実はそれが。大松《うち》だけじゃなさそうなので」

「ほう。他所《よそ》でも小ぢんまりと目立たねえように、うまくやっている盆茣蓙《とこ》があるのかい。悪いことじゃねえぜ。ただし、度さえ越さなきゃなあ」

「それがその、かなり度を越しているようなんで。それも一カ所や二カ所じゃねえようでして」

「なんだって？　奉行所はそんなに甘くはねえぜ」

龍之助はあらためて弥五郎と伊三次を交互に見つめ、

「分かっておりやす。しかし、お目こぼしがあるのも事実のようで、ちょいと厄介なことになりそうでして、へい」

弥五郎がその視線に応じた。二つ名の〝大松〟とは逆に小柄で、しかも坊主頭に丸い顔に目つきが鋭いのは、愛嬌のなかに不気味さを感じさせる。

「厄介な？」

「さようで」

伊三次に替わり弥五郎が言うには、大松一家が掌握しているのは最近の二月《ふたつき》ほどで小石川《こいしかわ》、赤坂《あかさか》、市ケ谷《いちがや》の三カ所で近辺の貸元衆も集めての大規模な開帳が予定され、大松の弥五郎も招きを受け、顔を出す予定でいた。

「ところがいずれも、あっしがお供をすることになっていたのでやすが、その日の直前になって胴元の若い衆ってのが神明町に走り込んで来やして」

伊三次があとを引き取った。

「――申しわけございやせん。今夜の盆はお流れにしとうございやす」

告げたというのだ。

「するとその夜のことでさあ。奉行所の手入れがありやして。まったく桑原くわばらで、命拾いしやした」

以前なら博打《ばくち》で捕まってもせいぜいきついお叱りか百敲《ひゃくたた》き、重くて期限付きの江戸所払いで済んでいたのが、松平定信が老中首座に就いてからは、一生戻れぬ遠島は軽いほうで死罪になった者までいる。

「ほう。あれがそうだったのかい。俺も打ち込みの場でおめえらの面《つら》を見ずにすんでよかったぜ」

龍之助が応《こた》えた。

三日ほど前のことである。夕刻が近づき、同心溜りで同輩たちとそろそろ引き揚げようかと話しているところへ与力から非常呼集がかかり、聞けばこれから賭場の手入れだという。

「それもかなり人規模なもので、打ち込みも人数をそろえてなあ。市ケ谷だった。与力が二人に俺たち同心は五人、六尺棒と御用提灯《ちようちん》の捕方は五十人はいたかなあ。しかも奉行所から打ち出すのではなく、ばらばらに出て町場は通らず、外濠《そとぼり》御門内の武家地を走り、市ケ谷御門の中で態勢をととのえ、そこから町場の賭場が開帳されるという料亭へくり出したのさ」

「すると、もぬけの殻だった……と」

伊三次が言った。

「そのとおりだ。それですごすごと市ケ谷御門へ引き揚げたのよ。小石川と赤坂のときは南町の月番だったが、おなじような揚句《あげく》だったと聞いておる」

「ということは」

「そうだ。北町にも南町にも、奉行所内に胴元へ内通する者がいるということになるなあ」

弥五郎が言ったのへ、龍之助はさらりと応えた。

神明町の賭場の件で、龍之助は弥五郎たちに内通しているのではない。賭場が開帳されていることを、奉行所に上げていないのだ。それができるのも、神明町の賭場は知った者同士が寄り集まって手慰みをする内会《ないかい》に近い小規模なもので、目立たないように、かつ阿漕《あこぎ》なことは絶対にしないと弥五郎に約束させ、弥五郎もそれを守っているからだ。お甲が壺を振るのは、大勝ちする者や大負けする者が出ないようにうまく賽《さい》の目を出し、かつ大松一家の勇み足を監視するためだ。

龍之助はつづけた。

「内通しているのはおそらく与力あたりだろう。打ち出しの下知《げじ》があってから奉行所を出るまで、同心にそんな余裕はない。だがよ、いまのご時世だ。内通しているお人の気は分かるぜ。それがなんでおめえたちに厄介なことになりそうなんでえ。けえって都合がいいのじゃねえのかい」

「まあ、そうなんでやすが」

弥五郎は言い、お甲にちらと視線を向けた。

お甲は応じた。

「それが旦那。増上寺《ぞうじょうじ》の貸元衆が、内会ではない賭場を開帳するから、あたしに壺を振ってくれと……」

「言っているのかい。まるでお甲を護るために、俺に内通しろと言っているようなものじゃねえか。ならねえ。さっきも言ったろう。不意の呼集がかかり、打ち出すまで増上寺に知らせる余裕なんてありゃしねえ。お甲よ、おめえが遠島になりゃあ、俺まで危なくなっちまわあ」

「そこを向こうのお貸元衆は、旦那ならなんとかなるだろう……と」

伊三次が言った。

「無理な相談だな。小石川や市ケ谷がうまく難を逃れたからといって、調子こいて自分もやろうとしたのなら、取り返しのつかねえ火傷《やけど》を負うぜ」

龍之助の口調は厳しくなった。

それら三カ所で賭場を開こうとした貸元たちは、それで盆を流してしまったわけではない。一度触れを出したからには、後日場所を変え、規模を縮小し数度にわたって開帳しているはずだ。あるいは奉行所の役人がもぬけの殻の所へ打ち込んでいるとき、すぐ近くで開帳していたかもしれない。胴元や客にとって、これほど愉快なことはあるまい。

大松の弥五郎も増上寺門前町の貸元衆も、そこには膝をそろえなかったものの、そうした舞台裏の盆があったことは話に聞いている。その上で増上寺門前町の貸元衆は大松の弥五郎に、お甲の盆茣蓙へのお出ましを掛け合ってきたのだ。

それで奉行所の役人が大勢の捕方を引き連れ、

『御用だ、御用だ』

と踏み込み、弓張《ゆみぱり》の御用提灯があたり一面に舞う。だがそこはもぬけの殻。役人どもはすごすごと引き揚げる。しかも将軍家菩提寺の増上寺の門前町である。

「――これほど愉快なことはあるまいよ」

増上寺門前町の貸元で、本門前一丁目を仕切る一ノ矢《いちのや》が弥五郎に、さも嬉しそうに言ったという。

龍之助はその話に苦笑せざるを得なかった。松平定信の鼻を明かすのは愉快だが、奉行所の同心が虚仮《こけ》にされることでもあるのだ。

神明宮の門前町と広大な増上寺の門前町は、大門《だいもん》のある広場のような大通りを挟んで隣接し、いわば持ちつ持たれつの関係にある。そこの貸元衆から、とくに一ノ矢か

ら仲介を頼まれたのでは、

「旦那。あっしからは断り切れねえ」

「よし、分かった。俺から一ノ矢に話しておこう。なあに、おめえらの顔をつぶしたりはしねえ。打ち込み直前の内通など、さっきも言ったように与力じゃないとできねえことだ。大規模な盆茣蓙を張って一歩間違えば、増上寺門前は大騒ぎになって、それこそ一ノ矢たちにとっちゃ取り返《けえ》しのつかねえことになりかねんからなあ」

「なにぶんよろしゅう」

大松の弥五郎が坊主頭をおもむろに下げたのへ伊三次もつづき、

「それにもう一つ、きのうの大松《うち》の盆茣蓙の客のなかに……」

「そう、それなんでさあ。どうも胡散臭《うさんくさ》いのが二人いやしてねえ」

これまで口を出す機会のなかった左源太が話に加わった。

「ほう。来ていた客の話かい。それなら壺を振っていたお甲や、おなじ客だった左源太のほうが詳しいだろう。街道の茶店のほうで聞こうじゃねえか。実はきょうは御用の筋でなあ、街道をある一群が江戸へ入って来るのを見張っていなくちゃならねえのよ。左源太、お甲。つき合え」

「へいっ」

「はいな」

二人は勇んで応じ、早くも腰を浮かせた。

弥五郎も伊三次も、御用の筋を持ち出されたのでは抗《あらが》えない。

「お甲さん、左源太どん。旦那によろしゅう話しておいてくれ」

「がってん」

弥五郎が言ったのへ左源太が返し、お甲もうなずいた。

御用の筋の見張りなどありはしない。お甲が街道の茶店へ呼びに来たとき〝あとでちょっと〟と言ったのへ、気を利かせたのだ。

龍之助が腰を上げると、

「あ、旦那。さっき旦那からも訊きたいことがあるとおっしゃってやしたが。なんですかい、それは」

「おう、そのことよ。三日前《めえ》に俺たち奉行所の者が市ケ谷で恥をかかされた話よ。それをおめえらが知っているかどうか訊きたかったのよ」

大松の弥五郎が呼びとめるように訊いたのへ、龍之助は立ったままふり返り、さらにつづけた。

「おめえらもそこに一枚嚙んでいたとは知らなかったぜ。ともかく奉行所内の内通者よ、どうやら、おめえらも知らねえようだなあ。気をつけておくぜ。俺も気になるかならなあ」

「へえ」

まだ物足りなそうだったが、弥五郎と伊三次はうなずいた。

龍之助は左源太とお甲を随え、茶店の紅亭に向かった。

割烹の紅亭で、龍之助らがまだ話し込んでいるころだった。

龍之助が神明町へ来るのに渡ってきた街道の新橋で、ちょっとした騒ぎが起こっていた。

橋の下の橋脚に、死体が引っかかっていたのだ。

町の者が見つけたのは、龍之助がお甲と石段下の紅亭に向かったころだった。その死体をお甲と左源太が見たなら、驚いてその場で声を上げるか、そっと龍之助の黒羽織の袖《そで》を、

『あのホトケ』

と、意味ありげに引いたことであろう。だが、騒ぎはまだ神明町にまで伝わっていない。

二

縁台に先客はいなかった。弥五郎たちに〝見張り〟と言った手前、奥の部屋に入るわけにはいかない。目の前を人が往来し、ときおり大八車が通り、土ぼこりが舞う。このほうが話しやすい。往来の縁台でお茶を飲みながらでは、小銀杏に黒羽織であっても、誰も御用の筋の話だとは思わない。盗み聞きしようとする者などいないし、いたなら端《はな》から怪しいやつということになる。街道に向かい、龍之助の両脇に左源太とお甲が陣取った。

「ともかくお茶だ」

「あらら。こんどは左源太さんも一緒なの」

茶汲み女が三人分の湯飲みを盆に載せ出てきた。

「急須《きゅうす》ごと持ってきてくんねえ」

「はい、はい」

左源太が言ったのへ、茶汲み女は湯飲みを縁台に置くと早々に退散した。話は長くなりそうなのだ。

「聞こうか」

街道に目を向けたまま、龍之助はその場に低声《こごえ》を這《は》わせた。

「最初にあたしが気づいたの」

お甲が言った。

大松一家が神明町のもみじ屋で小刻みに開帳している賭場は、用心に用心を重ね、ほとんどが常連客だが、それに限定しているわけではない。開帳の日には大松の若い衆が近辺の旦那衆に触れて歩く。噂を聞き、初めて来る客も少なくない。

「きのうは二人いましてね。どっちもお侍《さむらい》で、浪人かいずれかの江戸勤番者か旗本かは分かりませんが」

浪人だからといって、かならず無精な百日髷《ひゃくにちまげ》をしているわけではない。浪人でも身なりのととのった者もいる。

「――へい。初めてのお方でございます」

「――ふむ。こういうところでやっていたのか。わしもちょいと遊ばせてもらうぞ」

と、若い衆に案内され、筋肉質で力仕事でもしそうな三十がらみの大柄な武士が、壺を振るお甲の前の座に胡坐《あぐら》を組んだ。

そのあとすぐだった。

ふたたび若い衆が案内してきたのも武士だった。小柄で、

「動作が迅速そうな人と、あたしは値踏みしましたよ」

お甲は言う。

こうした客がいつも、壺を振る手元に注目し技を凝《じ》っと見つめ、気になって調子が狂うときがあるのだ。

（──離れたところへ座らせてくれたらいいのに）

お甲が思っていると、

「──さあ、ここが空いておりやす」

と、たまたま空いていた先客の武士の横に座らせた。小柄な武士も、

「ほう。こんなところがあったのか。ちょいと遊ばせてもらうぞ」

と、先客の武士とおなじような台詞《せりふ》を吐《は》いた。もちろん二人とも、大小は玄関ではずしている。

二人は知らない同士のようで、別に挨拶をして名乗りあうこともなかった。場所が場所だけに、それも当然なのだがお甲は、

「丁半を張りながらもね、お二人さん、牽制というほどでもないのですが、互いに相

手を気にしているという感じでしてねえ。お武家のお客はその二人だけだったからといえば、ただそれだけなんですけどね」

「ところがよう。ゴホン」

左源太が言いかけ、すぐ前を大八車が土ぼこりを上げながら通った。

「中休みのときでさあ」

「なにか騒ぎでもあったのか」

「そんなんじゃねえ。俺にそっと訊《き》きやがるのさ。それも別々に」

「なにを」

浪人者とも旗本か勤番者ともつかぬ武士二人は、それぞれに左源太が股引《ももひき》に腰切半纏《こしきりばんてん》を三尺帯で決めているものだから、胴元一家とは関係のない一般の客で話しやすいとみたのだろう。もちろん、客には違いないのだが……。

「――おい、町人。ここはいつもこのように開帳しているのか。いや、わしも好きなほうで、また遊びに来ようかと思うてなあ。じゃが、このご時世だ。町方の手入れは大丈夫か」

二人とも、左源太に訊いたという。〝町方の手入れは大丈夫か〟とは、奉行所の役人は出張《でば》って来ないのかとの問いである。

「――へえ。毎日《めえにち》じゃござんせんが事前に触れが出まさあ。街道の茶店で薄板削《うすいたけず》りの左源太ってご指名くだされりゃ、すぐ近くですから日にちが分かりゃ教えて差し上げますぜ。へへ、言っちゃあなんですが、余所者《よそもの》が町の者に訊いたって教えてくれやせんからねえ。ま、三、四日おきにやってますがね」

二人の武士に応えた。左源太は近くの長屋に塒《ねぐら》を置き、おもての仕事は神明宮名物で縁起物の千木筥《ちぎばこ》（木製の弁当箱）の板削りをしている。これも大松の弥五郎が世話したものだが、やってみるとなかなか器用で、左源太の削った板は薄くてムラがなく曲げやすいと組立職人からなかなかの評判である。

左源太は話した。

「二人とも、真剣な顔でうなずいておりやした。どうもあの二人、ようすがおかしいぜ、兄イ」

と、他の者がいないところでは、龍之助を以前の呼び方で呼んでいる。

「そうなんですよ、龍之助さま」

と、お甲も他人前《ひとまえ》では〝旦那〟などと人並みに呼んでいるが、一緒にいるのが左源太だけのときは〝龍之助さま〟と呼び、二人だけのときには〝龍之助さまア〟などと語尾を上げ、甘えたような呼び方をする。

そのお甲も言った。

「丁半を張っているときも、あのお武家二人、互いに相手を気にしているような素振りで、それに町の木戸が閉まる夜四ツ（およそ午後十時）前に、大柄で強そうなほうが席を立つと、すぐ小まわりの利きそうなほうも立ちましてね」

「そう。まるで追うように。あっしゃあとを尾《つ》けようかと思ったのでやすが、三、四日後に野郎たちゃまた来ると思いやして」

左源太があとをつなぎ、両脇から二人は龍之助の反応を待った。

鬼頭龍之助が、田沼意次がまだ大名となって幕閣になる前、旗本であった時代に屋敷奉公をしていた商家の娘とのあいだに生れた隠し子であることを知っているのは、左源太とお甲の二人だけなのだ。だから左源太は、〝あとでちょいと〟と、三人だけの場を求めたのだ。

意次はすでに死去し、松平定信は田沼家の血縁をすべて失脚させ世のおもて舞台から葬り去った。だが、隠し子の行方だけは分からず、定信は気になる存在として秘かに找《さが》しつづけている。

（賭場に来ていた武士は、その隠密行動の松平家の者ではないか）

龍之助の内心に、懸念が走った。

それに、松平家が市中取締りのため町奉行所とは別に、独自の密偵を武家地にも町場にも放っているのは衆目の知るところだが、

（その密偵か隠密ではないのか）

との疑いも持たれる。

大松の弥五郎が左源太へ〝旦那によろしゅう〟と言ったのはそこである。松平の隠密かどうか、探索できるのは龍之助以外にない。奉行所に心当たりがなく、その者が幸橋御門内の白河藩松平屋敷に出入りしておれば、間違いなく定信の放った密偵ということになる。

「よし、それでよい。奉行所が賭場や隠売女《かくしばいじょ》の探索に隠密廻りを放っていないかどうか、ちょいと探ってみよう。次回の開帳は三、四日後だな」

「さようで」

「それまでになんとか奉行所の動きをつかんでおこう。どうするかはそれからでも遅くはあるまい。もし奉行所が打ち込みをかけるなら、定廻りの俺の役務となろう。事前に隠密廻りが動いてるなら、すぐ知らせるからと弥五郎に言っておけ」

なんとも龍之助自身が神明町の賭場を護《まも》っているのだ。

それも、

「――世の中にゃ、適度な遊びは必要なんでさあ」

大松の弥五郎が言った言葉に、龍之助も共鳴しているからだ。その〝適度な遊び〟を、神明町の賭場はよく守っている。

「おめえらからの話はそれだけか」

「へえ」

「それなら」

と、龍之助が縁台から腰を上げようとしたときだった。

「おう、お茶を一杯くんねえ」

と、馬子が荷馬三頭を縁台の前にとめて暖簾の中へ声を入れ、

「あれ、そちらの旦那。奉行所のお役人さんで？　おかしいなあ」

首をひねった。

「それがどうしたい」

「いえね。さっき新橋を渡って来たんでやすが、そこで土左衛門《どざえもん》が上がったとかなんとかで、人が集まっていたもんで。お役人がここでのんびりしなすっているんで、空《から》騒ぎだったのかなって思いやして」

左源太が言ったのへ馬子が応えた。

「土左衛門？　左源太、つづけ。お甲、おめえは帰《けえ》っていいぞ」

龍之助は目の前の荷馬を避け、

「がってん」

「んもう」

反射するように左源太も立ち、悔しそうにお甲は見送り、

「で、馬方さん。ほんとうなの？」

「詳しくは知んねえ。通りすがりに、野次馬が言っているのを聞いただけだからよう」

縁台で言っているのを、二人は背に聞いた。

茶店・紅亭から新橋まで十二丁（およそ一・二粁《キロ》）ほどだ。

土左衛門の噂くらいで、同心が街道をおっとり刀で走るわけにはいかない。

「左源太、おめえ先に走って土左衛門がどっちに上がって、いまどうなっているか確かめてこい」

「へい」

職人姿の左源太は駈けだし、龍之助も走らないまでも急ぎ足になった。

土左衛門が橋の南手の芝二丁目に上がったのか、それとも北詰の出雲町《いずもちょう》か。町に

とっては重大問題だ。もちろん奉行所には知らせるが、身元調べに合力《ごうりき》しなければならず、それが判明するまで死体を自身番で預かり、身元不明となれば無縁仏として葬る費用もすべてその町の費消《ひしょう》となるのだ。

だから川の岸辺に土左衛門が流れ着いていたのなら仕方ないが、浮いていたり橋脚に引っかかっていたりすれば、そっと向こう岸へ竿で押しやったり、川下へ押し流したりするのは珍しいことではない。

街道を急ぐ龍之助の脳裡にあるのは、

（芝と出雲とで揉めてはいないか）

町と町が揉めれば、同心があいだに入って仲介することになるが、まかり間違えば一方から恨みを買うことになり、向後《こうご》の定町廻りへ支障を来たすことになる。

（厄介なこと）

土左衛門を恨みながら、雪駄に土ぼこりを上げた。

だが、橋板を踏む大八車の響きや下駄の音が聞こえはじめても、橋に人だかりができているようすもなければ、まして揉め事が起きているようすも感じられなかった。

（はて？）

思いながら新橋に近づくと橋の手前、すなわち芝一丁目のほうのたもとに左源太が

立ち、

「旦那。こっち、こっち」

伸び上がり手を振っていた。騒ぎなどなさそうだ。しかし、野次馬というほどでもないが、数人が橋の上や土手から橋の下を見ているので、馬子の話は単なる噂だけではなかったようだ。

「どうしたい。芝のほうへ上がったのかい」

「そうなんでやすが、どうもみょうなので」

龍之助と左源太は、橋の南詰のたもとで立ち話をするかたちになった。すぐ近くで橋板が派手に響いており、話が往来の者に聞こえることはない。

「なにがどうみょうなのだ。芝側だろう、土左衛門が上がったのは」

「そうらしいが、その土左衛門がもういねえので」

「いねえ？」

土左衛門は橋脚にからまってはいたが、見つけたのは町の子供たちで、それも太陽がすっかり昇ったあとで人通りも多く、明らかに南の芝側で北の出雲側に押しやることも押し流すこともできず、芝一丁目の町役《ちょうやく》が駈けつけ、町の若い者を呼んで引き上げる以外なかったようだ。

すなわち、けさがた龍之助が神明町に向かって通り過ぎたあとのことだ。岡っ引風を吹かせていないが、神明町をはじめこの界隈の住人は、左源太が鬼頭龍之助の岡っ引であることを知っている。

「へえ、いねえので。自身番の土間は土左衛門を運び込んだらしく、まだ湿っていやしたがね。ともかくすぐ同心の旦那を連れてくるからと、出て来やしたので」

「ふむ。まだ詳しく訊いていねえ、と」

「さようで」

「よし、行くぞ。そこの芝一丁目の自身番だな」

「へい」

二人は橋のたもとを離れた。

「へぇえ、あそこかい。土左衛門がひっかかっていたのは」

まだ橋の下をながめている暇人たちは言っているのだろう。幾人かが橋脚を指さしていた。

芝一丁目の自身番は街道からすこし枝道へ入ったところにある。

「おう。邪魔するぜ」

龍之助が〝芝一丁目　自身番〟と墨書された腰高障子《こしだかしょうじ》を開けると、待っていたように詰めていた町役やその代理人、書役《かきやく》たちが一斉に腰を浮かせた。町役は町の大店《おおだな》のあるじや地主たちだが、直接来ているのは一人で、あと三人ほど番頭や手代が身代わりに来ていた。それに書役が一人で、筆の立つ町内の隠居だった。

確かに土間には、いましがたまで水浸しの水死人がころがっていたことを示すように湿《しめ》りが残っており、血の跡かと思われる黒ずんだ箇所もある。

「いやあ、鬼頭さま。お奉行所へ町の若い者を走らせようとしましたのじゃ。ところがそれよりも早く……。まあ、お上がりくださいまし」

畳の間で町役が言って腰を引くと、まわりの代理や書役もそれにつづいた。奉行所に知らせていない。それを悪びれるようすはなく、むしろいずれの顔も晴ればれとしている。

もちろん、理由《わけ》は龍之助にも分かる。

「まあ、聞かせてもらおうじゃないか。俺にしちゃあ、面倒がなくなったよりも、死体が一つ消えたようなものだからなあ」

言いながら龍之助は畳の間に上がり胡坐居《あぐらい》に腰を据えた。町役たちは恐縮するように端座《たんざ》になり、土間に立っていた左源太は腰を畳に落とし、身を町役たちのほうへねじった。

「新橋に土左衛門だと聞いて驚き、こちらの側だったものでさっそく町内の若い者を呼んでここへ運ばせましたのじゃ」

代理の者や書役たちもしきりにうなずき、町役はつづけた。

「その死体が、はい、お武家でございました」

「えっ」

「武士！」

左源太と龍之助は同時に声を上げた。

町役の言葉はつづいた。

「向こうは探索していたのでしょうかねえ。ここへ死体を運んでからすぐでした。お武家が五、六人もおいでになり、遺体を確認するなりすぐに大八車を牽《ひ》いて来られ、あっという間に運び去っておしまいになりまして、はい」

代理や書役たちはなおもうなずきを入れている。話は本当のようだ。

「お武家って、どこの家中だ」

「それが……」

町役は言いにくそうに、

「幸橋御門の、はい。松平さまで……」

「なに！」

龍之助には二重の驚きである。

町役が龍之助を前に言いにくそうにしたのも、もっともなことだ。町方に老中首座の名を出せば、

（お奉行所には、手も足も出ませんよ）

言っているのとおなじなのだ。

町役の言葉は、それをにおわしていた。

「差配のお武家が、その、はい。われらが処理するゆえ、お奉行所に知らせなくともよい……と」

「うーむ」

龍之助はうなり、

（幸橋御門……その武士というのは、加勢充次郎《かせみつじろう》ではないのか）

脳裡に浮かんだ。

幸橋御門を入れば、そこに白河藩松平家十万石の上屋敷がある。加勢充次郎は松平家江戸詰めの足軽大番頭《おおばんがしら》だ。

「で、その土左衛門よ。刀傷はなかったかい」

さらに身をよじり、言ったのは左源太だった。左源太の脳裡は、すでに一歩前に進んでいた。

「それが、その。なにも言うな……と」

「ふむ。その武士が言ったのだな」

「は、はい」

龍之助が言ったのへ、町役は申しわけなさそうに返した。自身番がたとえ奉行所の差配を受けていても、時の老中首座の家中が下知《げじ》したことのほうが断然重い。

「よし、分かった。ならば、自身番の控え帳になにも記さずともよい」

言うと龍之助は腰を上げた。

ホッとした空気が自身番の中にながれた。ここで龍之助がつむじを曲げ居丈高《いたけだか》になれば、芝一丁目の町役たちは目の前の同心と松平家との板挟みになる。

「ちょっと待ってくだせえ。町役さん、その土左衛門さあ。大柄でしたかい、小柄でしたかい」

「それは、まあ。小柄ではなかったですねえ。ただ、胸のあたりに刀で斬られたような傷が」

腰を浮かしてから問いを入れた左源太に、町役は応えアッと口を押さえようとする仕草を見せた。口止めされていたし、それに同心の気を引くようなことは持ち出したくなかったのだろう。

「ほう、そうか。それでそこの湿ったところに、血の跡のような黒ずんだ部分もあるのだな」

龍之助は言った。だが、問い質《ただ》すことはせず、

「邪魔したな」

いともあっさりと外に出た。

自身番の中にあらためて安堵の空気が走ったのを、龍之助は背に感じた。

「兄イ」

「言うな。分かっておる。ここで根ほり葉ほり訊いてみろ。町だって困るだろうし、それに俺がなにやら松平を探っているようにも見られるからなあ。それが向こうさんに伝わったなら、このあとやりにくくて仕方がねえ」

「あ、そうか」

不満そうだった左源太は得心した表情になり、

「で、いまからどこへ？」

「それよ。おめえはこれから松平屋敷へ走って岩太《いわた》につなぎを取り、加勢どのに俺が

いまいつもの所で待っているからと伝えろ」

「へへ、そう来なすったかい。分かりやした。宇田川町《うだがわちょう》でござんすね」

左源太は幸橋御門のほうへ走り、街道へ出た龍之助は八丁堀や奉行所のある北方向ではなく、来た道の南方向へ返した。

（ふふふ。土左衛門が松平の家臣かどうかは知らねえが、関わっていることは確か。加勢さん、大急ぎで来るはずだ）

龍之助は踏んでいる。

三

龍之助が甲州屋のあるじ右左次郎《うさじろう》に、

「これは鬼頭さま、急なお越しで。なにか火急の用で、加勢さまも？」

と迎えられ、いつもの裏庭に面した座敷に通されてから間もなくだった。

「へへえ、兄イ。思ったとおりすぐ来るってよ」

左源太が番頭に案内され奥の座敷に入ってきた。

新橋から街道を南へ芝一丁目から三丁目までの町並みを過ぎ、神明町の茶店・紅亭の幟が見える手前の一帯が宇田川町で、そこを西手の枝道へ入ってもう一度角を曲がり、商舗《みせ》としては目立たないところに暖簾を出している。しかも〝甲州屋〟と屋号を小さく染め抜いた暖簾で、前を通っただけではなにを商《あきな》っているのか分からない。献《けん》残屋《ざんや》ではそれが必要な店構えで、角を街道とは逆方向に曲がれば大名家や高禄旗本の屋敷が白壁をつらねる愛宕山下《あたごやました》の大名小路で、それが江戸城外濠《そとぼり》の幸橋御門につづいているとあっては、立地としては最適である。

甲州屋は松平家御用達の献残屋でもあり、龍之助が松平家の足軽大番頭の加勢充次郎と秘かに会うときは、いつも甲州屋の奥の座敷を使っている。だからあるじの右左次郎は、龍之助を迎えるなり〝加勢さまも〟と言ったのだ。

「これは左源太さん。ささ、こちら。加勢さまには岩太さんもご一緒でしょう」

と、甲州屋右左次郎は左源太を別の間に案内した。岩太は加勢充次郎が外出するときは常につき随っている中間《ちゅうげん》で、左源太と気が合う。

「へへ。待たせてもらいやすぜ」

と、左源太は上機嫌に右左次郎につづいた。左源太が上機嫌なのは、岩太と会えるばかりでなく、いまからなら龍之助と加勢の鳩首《きゅうしゅ》が終わるのは、ちょうど午時分《ひるじぶん》になっているからでもある。

つぎに右左次郎が廊下に足音を忍ばせたのは、加勢充次郎を龍之助の待つ部屋に案内してきたときだった。

加勢が、

「やあ、お待たせしもうした。ちょうどこちらから、岩太をおぬしのところへ走らせようと思っていたところでしてな」

「あはは。そちらも慌てておいでのようでございますなあ」

言いながら胡坐居に腰を据える加勢へ、龍之助は胡坐居の背筋を伸ばし、皮肉を込めた口調で迎えた。

女中が茶を運んできた。

「ごゆるりと」

二人の膝の前に盆を置くとすぐに退散し、あとは家人が部屋にも庭にも近づくことはなかった。右左次郎のいつもの配慮だ。

「新橋の土左衛門は、ご当家の家士であったそうな。酒に酔って川に落ちるなど、武士にはあるまじきことなれば、何者かに殺された……と。それでご当家は昨夜帰らぬ家士のお方を探索され、それがきょうになり土左衛門となって新橋に上がった。よって早々に引き取られた……と」

「ほう、さすがは鬼頭どの。すでにそこまで推測を巡らされておいでだったか。昨夜そうした諍《いさか》いが、近くの町場でありましたろうか」

と、最初は腹の探り合いである。

だが、この二人のあいだでは話が進むのは速い。

「たまたまでした。微行《びこう》で神明町へ出向いているとき、新橋に土左衛門が上がったとの知らせを受けましてな。急いだのですが、自身番ではすべて処理したあとでござった。あれはやはり松平さまのご家臣でございましたかな」

「ふふ。あの界隈では貴殿に隠し事はできませぬわい。いかにも当家の家臣でござった。町場へ遊びに出かけ、なにやら事件に巻き込まれて殺されたといっても、おぬしには通じますまいのう」

「むろん。したが、さっきも申したとおり、現場に向かったのは神明町からで、八丁堀からでも奉行所からでもござらん。よって奉行所の御留書《おとどめがき》にはまだ筆は入れておりませぬ。芝一丁目の自身番の控え帳にも〝本日、控え置くべきことなし〟と記してあれば、町の噂も数日で立ち消えましょう」

加勢充次郎が岩太を鬼頭龍之助のもとに走らせようとしたのは、それを望んでのことだった。

龍之助は、自身番で死体を引き取りに来たのが松平屋敷の者と聞いたときから、加勢のきょうの行動を読んでいた。その加勢にいま、龍之助は内容を先取りしたように話している。

松平の家士が、なぜ神明町の賭場に来ていたのか。龍之助はそこを知りたい。さらに、その家士を殺害したのは、

（いったい、何者）

松平の密偵が神明町の賭場を察知したとしたなら、弥五郎たちにも龍之助にとっても、きわめてまずいことになる。

加勢は龍之助の言葉にうなずきを入れ、

「ふむ。噂にならないのはありがたい。それがしはそなたに隠し事はせぬ。すでにご配慮いただいたこと、非常にありがたい。そこでじゃが、さらに合力《ごうりき》を願いたい」

自身番の控え帳にも奉行所の御留書にも記されず、その上さらにもう一つである。

加勢はつづけた。

「あの死体、確かにわが藩の磯崎六蔵《いそざきろくぞう》と申す横目付《よこめつけ》でござった。水死人ではあるが刀傷もあった。いったい、誰が……」

「それを、それがしに探索せよ……と？」

「そう願いたい」

単刀直入であった。加勢は実に現実的な発想の持ち主で、町場での探索などいかに大名家の足軽が走ろうが藩の横目付が出張ろうが、町方同心にはかなわないことを心得ている。

その加勢充次郎が相手では、龍之助も明快に言った。

「分かりもうした。なれど、磯崎六蔵と申されたか。その御仁が横目付でいかなることに関わっておいでだったか、詳しく知らねば探索の進めようはござらぬ」

「ごもっとも」

加勢は応じ、

「横目付ともうさば貴殿もご承知あるごとく、家中の者に不始末がないか探索するのが役目じゃが、昨今は外に出て武家地や町場に隠売女や賭場がないかを探索しておりましてなあ。最近のことですじゃ。磯崎どのはさる大名家の家臣らの行状を洗っておいでのう。そこでなにやらをつかんだようで、それがしに足軽を一組《ひとくみ》ほど自分の手足につけてくれぬかと頼まれておったのじゃ」

「〝さる大名家〟とか〝なにやらを〟とか、まるで霧の中の話のようで要領を得ませんなあ。もうすこし具体的に話してもらわねば」

「それもごもっとも。なれど、それがしも磯崎からまだ詳しく聞かされてはおらんのでなあ。それが何者かに殺害され、困惑しておりますのじゃ。ただそれがしの聞いたところでは、磯崎の探索の対象はほれ、貴殿の定廻りの範囲内で金杉橋《かなすぎばし》を渡ったところに上屋敷がある、沼津藩三万石の水野《みずの》家じゃった」

（げえっ）

龍之助は胸中に声を上げ、それが顔に出るのを懸命に抑えた。

金杉橋の水野家といえば、龍之助の脳裡にあるのは藩主の水野忠友《ただとも》である。七千石の高禄旗本であったのが三万石の大名に出世できたのは、田沼意次に見い出され引き上げられたからである。

ところが田沼意次が松平定信によって失脚するなり、養嗣子《ようしし》にしていた意次の四男意正《おきまさ》を廃嫡するなど身の保全を図り、かろうじて沼津藩三万石は持ちこたえた。

四男というのは田沼家の系図に記されている数字であり、実は五男である。隠れた長男こそ、鬼頭龍之助なのだ。その存在すらおもて向きは定かではなく、だから定信は家臣の加勢充次郎へ秘かに命じ、執念深く行方を探索させているのだ。その探索を加勢は町方の龍之助に依頼しているのだから、世の中は狭い。

加勢は言った。

「世の噂に通じている貴殿のことだ。わが藩の横目付がかの水野家に探索の手を入れているとなれば、およそ目的は察しがつこう」

「ふむ」

龍之助はうなずき、

（執念深い男よ。いまなお狙っているとは）

背筋にひやりとしたものを走らせた。自分への探索ではなかった。

定信がみずから進めている、なんでも停止《ちょうじ》の政道を盾に、執念深く水野忠友追い落としの口実をもうけようとしているようだ。

「ともかく、水野家の者が手を下したとなれば、その範囲は金杉橋から新橋のあいだということになる。もろに貴殿の……」

「さよう、定廻りの範囲でござる。ここを探索できるのは、奉行所においても……」

「貴殿を措《お》いて他にござるまい」

二人はうなずきを交わし、同時に湯飲みに手を伸ばし、一息入れた。

「それにのう」

と、加勢は湯飲みを盆に戻した。

「それがもしご法度《はっと》の賭博《とばく》にかかわることであったなら、ほれ、ちかごろ貴殿ら奉行所の捕方が打ち込むたびに裏をかかれておる、あれでござる」

「面目《めんぼく》もござらぬ。いずれ胴元への内通者がいるものと思われるが、いっこうに見当がつきもうさぬ」

「そこでござる。大名家を探っていた磯崎のつかんだのが賭博がらみであったなら、それを殺害した犯人を見つけ出し、そこを手繰《たぐ》って行けば……」

「内通している者にたどりつくかもしれぬ……と」

「さよう。博徒への内通など、まったくもってご政道へ真っ向から挑《いど》みかかっているようなもの。その者を手繰《たぐ》り寄せることができたなら、貴殿の功績も大なるものとなりましょう。いまもって思えば、あと一日早く磯崎からなにをつかんだのか、詳しゅう聞いておくべきじゃったと、残念でなりませぬわい」

「まことに。そのあとをそれがしが受けて動くにも、松平さまの沼津藩水野家への新たな取り組みがあればお知らせくだされ。町場での探索に用立てられればと存じましてなあ」

「心得もうした」

　ここで二人はホッと肩の力を抜き、盆の湯飲みに手を伸ばした。

　廊下に人の気配が立ち、ゴホンと咳払いが聞こえ、

「そろそろ昼時分でございますが、いかがいたしましょうか」

右左次郎の声だ。この二人が鳩首しているとき、お茶を運ぶのは女中でも途中の御用聞きはあるじみずからが出向いてくる。

「ふむ。いつもすまぬのう。話は終わったゆえ」

「はい。ならばさっそく」

加勢が言ったのへ、障子の向こうで右左次郎は声だけで下がった。

すでに用意がされていたのか、近くの料亭からすぐに膳が運ばれてきた。

左源太と岩太にはこれがたまらない。二人は別間で待っている。その部屋にもおなじ膳が運ばれる。右左次郎のいつもの配慮だ。とくに中間の岩太には、甲州屋へのお供は楽しいものとなっている。中間があるじについて外出したときは、料亭であっても他家の屋敷であっても、冬でも夏でも外で待たされ、飯時であればおにぎりを道端で食べさせてもらえるだけだ。それが甲州屋であれば、左源太と畳に寝っころがってお喋りに興じ、膳もあるじとおなじものが用意されるのだ。お供の中間にとって、これほどの極楽はない。

それがまた、龍之助にとっては甲州屋の大事な計らいといえた。

裏庭に面した部屋では、きょうの鳩首の中心になる話は終わり、龍之助と加勢が打ち解けたようすで箸を動かしている。とくに龍之助には安堵の気分があった。加勢の話から、磯崎六蔵は昨夜の探索は、自分の胸一つに収めていたようだ。神明町の賭場は、松平屋敷には知られていない。

（弥五郎たちに早く知らせてやらねば）

思われてくる。

加勢はもうそのことには触れず、

「して、鬼頭どの。あの件はどうでござろうかなあ。わが殿は、まだお忘れではないようでしてなあ」

「あぁ、あれですか」

と、龍之助は箸をとめた。

二人のあいだで〝あの件〟といえば、

──田沼意次の隠し子

の件しかない。

どこの町場に潜んでいるのか。それを探るため、足軽大番頭の加勢充次郎は配下の足軽衆を町場に放っている。これまでもそれら足軽衆が聞き込んで来た〝得体の知れない人物〟や〝高貴のご落胤《らくいん》〟を名乗る人物の周辺を、龍之助は左源太とお甲を使嗾《しそう》して洗い、〝田沼意次の隠し子〟でないことを明らかにしてきた。そのたびに、色めき立った定信の周辺をがっかりさせたものだった。

だが定信はまだあきらめていない。

「近ごろは当方においても、目串《めぐし》を刺すような人物が見当たらぬ。もっとも男か女かも判らぬでは、雲をつかむような話じゃからなあ。殿もあきらめてくれればいいものを、まったく困ったことですわい」

「それがしも気にはとめておるのですが、なにぶん昨今のご政道ゆえ、そのほうが忙しゅうて」

「いや。ごもっとも、ごもっとも」

皮肉っぽく言った龍之助に、加勢は同調するように返した。龍之助が龍之助を找すのだから、これほどの皮肉はない。ちなみに〝龍之助〟とは、意次の幼名の〝龍助《たつすけ》〟を母の多岐《たき》が借用し、付けた名である。加勢たち定信の周辺で、そこに気づく者はいない。

話しているうちに膳は空になり、

「それでは」

と、加勢は声を落とし、

「隠し子はともかく、磯崎殺しのどんな些細な点でもよい。分かれば至急の連絡をお願いしますぞ」

きょうの座を締めくくるように言い、座を立った。

来るときが別々であれば、帰るときも双方はいくらかの間を置いて甲州屋の暖簾を出ている。

このときは龍之助が部屋で一息過ごしてから立った。

加勢を見送った右左次郎が部屋に戻ってきて、

「加勢さまからまた献残物の木箱に入った熊胆《ゆうたん》を預かっております。のちほど組屋敷にお届けしますゆえ」

言うとにっと笑顔を見せた。

熊《くま》の胆《い》である。奥州名物の高価な薬剤だ。将軍家献上品の残り物として、指定された先方にそっと届けるのも、献残屋の大事な商いである。

「こたびも、けっこう重うございますよ」

右左次郎は声を低めた。木箱の底に小判が敷き詰められているのだ。いつもの役《やく》中《ちゅう》頼《だの》みである。

「ふむ」

と、龍之助は慣れたうなずきを返した。

甲州屋の暖簾を出た龍之助と左源太は街道に向かった。

ゆっくり歩いている。

「殺された武士は、松平家の横目付だ」

「えっ。やはり」

左源太は龍之助の半歩うしろに歩をとっている。

「その者は、神明町の賭場の話はまだ屋敷には入れていなかったようだ。俺はこれから奉行所に戻るが、大松の連中に安心しろと言っておけ。あとは奉行所だけだ」

「そりゃあよかった。弥五郎親分や伊三次兄イらも安心しまさあ」

歩きながらの話しだと、茶店の縁台以上に立ち聞きされる心配はない。もちろん声は落としている。

「で、岩太はどうだったい」

「それでやすよ。お奉行所の打ち込みのとき、賭場がいつももぬけの殻になっているっての。ありゃあ屋敷内に内通者がいるのじゃねえかって」

「なに！」

龍之助は思わず上げた声を落とし、

「松平の屋敷にか」

「むろんでさあ。それで屋敷の者は中間から足軽、禄高のある家士まで、みんな戦々恐々としているってことですぜ。それで岩太も声をひそめ、うんざりしてやした。あの屋敷にゃ、中間や家士にまで見張りがついて、その見張りにまた見張りがついているって、もっぱらの評判でやすからねえ」

左源太が甲州屋で岩太と時間をつぶすのには、これがあるのだ。すなわち、松平屋敷内の生《なま》のようすを聞くことができる。

松平の内部に内通者がいる……。これまで、龍之助は考えたこともなかった。まだ屋敷内の噂にすぎないが、そうした空気が屋敷内にあるとの話は、龍之助には大きな収穫だった。殺された磯崎六蔵がそこにどう関わり、殺したのは水野家の家士なのか、それとも……。

（これはおもしろうなってきたぞ）

龍之助は胸中に小躍りした。

話しているうちに、二人の足は街道に出た。

「先日、神明町の賭場にあらわれた小柄な武士からつなぎがあれば、すぐ連絡してくれ」

「へい」

二人は往来人や大八車、荷馬などが行き交うなかで北と南に別れた。

四

江戸城外濠《そとぼり》の呉服橋《ごふくばし》御門を入ると、広場を通して北町奉行所の正面門がすぐ目の前に見える。

さしたる緊迫感はないが、人の出入りがあって忙《せわ》しなく思えるのはご時世であろうか。町娘が派手な着物を着ていたり、お店者《たなもの》が料亭で深夜まで騒いだりするのも、すべて質素倹約の精神に反するなどと取り締まりの対象にしている。いちいち自身番や大番屋に引き、

「――屹度《きっと》、叱り置く」

だけの処置がなんと多いことか。

引かれる者も引く者も、

「――もう、うんざりだぜ」

「――いつまでこんなのが続くのだい」

と、町場だけでなく、奉行所内でも聞かれている。

同心溜りに入った。

「市中の微行でしたか。うしろにも気をつけてくださいよ」

「あゝ、お互いにねえ」

書物《かきもの》をしていた同僚がそっと声をかけてきたのへ、龍之助は返した。

いまや町方の同心まで何者かに見張られているのは、同僚の誰もが感じ取っているのだ。

「しーっ」

横合いから他の同僚が叱声を入れた。だがその同僚も筆をとめ、

「いつまた打ち込みがあるか分かりませんから、どうも毎日が落ち着きませんなあ」

「そう、それですよ」

話しかけてきたのへ、龍之助は筆と硯の用意をしながら返した。

居合わせた他の同僚たちも、

「いったい、なぜ」

と、話に乗ってきた。

龍之助は聞き役にまわった。

――内通者が同僚にいる雰囲気はまったく感じられない。これまでのすべてが、現場で捕方を差配する同心には、不意に動員をかけられ打ち出すまで、隠れた動きをするなど現実として不可能だったのだ。

与力の平野準一郎《ひらのじゅんいちろう》にも探りというより、それとなく話を持ちかけてみた。

「あははは。事前に知らせて、町衆を逃がしてやるような器用な真似ができるのは、この奉行所じゃ俺かおまえでなかったら、ほかにはいまいよ」

平野与力は笑いながら言った。龍之助とおなじく無頼の一時期を持つ与力で、だから龍之助と二人で話すとき、つい昔懐かしい伝法な口調になる。そのときが平野にとって、最もくつろぎ、本音が出るときでもあるのだ。

平野は笑いながら言ったが、すぐ真剣な表情になり、

「俺たちでなきゃあ、ほかに考えられるところは一つしかねえな」

「えっ」

伝法な口調のまま声を落としたのへ、龍之助も低く声を上げた。瞬時、さきほど左源太の言った、岩太の言葉が脳裡に走ったのだ。

「――屋敷内に内通者がいるのじゃねえかって」

二人はいま、廊下で立ち話のかたちをとっている。

平野はさらに声を低めた。

「また火急の打ち込みがあったとしても、おなじことのくり返しだろうよ。あの大規模な打ち込みの下知《げじ》を出しているのは、俺たち奉行所の与力じゃねえぜ。お奉行でもねえ。察しがつくだろう」

「松平の殿さん？」

「そう」

「それに打ち込みの場所を探っているのは、あの屋敷の横目付たち……」

「そういうことだ。さすがは鬼頭だなあ。なかなか勘がいいぜ。やつらの動きもなかなかのものよ。この奉行所が、松平屋敷の指図で動いている。これまで火急の打ち込みをかけ、鼠一匹捕《とら》まえられなかったのは、いずれも老中さま直々《じきじき》の下知で打ち出したときだった」

「ますます松平屋敷が怪しい……と。お奉行はそのことを」

「勘づいておいでだ」

「ならば、なぜ唯々諾々《いいだくだく》と」

「うるせえ。お奉行とて、逆らえるかい。いまをときめく老中首座さまによう」

「はあ。ごもっともで」

場所が奉行所で、たとえ廊下の隅とはいえ、龍之助は言う以外になかった。町奉行所は柳営（幕府）差配の町衆に対する実働集団なのだ。

同時に思った。

（もっとも腹を立てておいでなのはお奉行と、それももぬけの殻と予測しながら打ち込みの差配をしなければならない与力のお方らか）

龍之助は平野与力に一礼し、同心溜りに向かった。

（だが、俺は逆らってやるぜ。俺の流儀でよう）

奉行所の廊下の板を踏む一歩一歩に込み上げてくる。


その日、夕刻近くになっても火急の打ち込みの下知はなかった。

「ホッとしますなあ」

「いやあ、ごもっとも」

と、早々に同心溜りは空《から》になった。

奉行所の中ではもちろん、龍之助も早々組の一人である。

正面門と棟続きの同心詰所には、他の組屋敷の下男や中間たちにまじって、鬼頭屋敷の茂市《もいち》も挟箱《はさみばこ》を担いで迎えに来ていた。旗本の登城と下城に家臣や中間が城門まで見送り、また出迎えるのとおなじで、これも与力や同心の威厳を保つための毎日の行事である。

挟箱を担いだ与力の中間や同心屋敷の下男たちが、黙々とあるじたちの数歩あとに歩をとっている。

これもいつもの光景だが、外濠のほうから八丁堀のほうへ街道を横切るとき、悠然と歩を進める役人衆に、

「おっとっとい」

「こりゃあまた」

と、夕刻近くで急ぎの大八車も町駕籠もたたらを踏むように歩をとめる。そこを悠然と横切るのも、町方役人の町場に対する威厳の一つだ。

足が八丁堀の掘割の往還に入れば他に人影はなく、同心たちの雪駄が地を引く音が聞こえる。

組屋敷の冠木門をくぐるなり、

「旦那さま」

挟箱を担いだまま背後から茂市が声をかけ、

「また甲州屋の番頭さんが、松平さまからの役中頼みを」

わずかにふり返った龍之助に、老いてはいるが弾んだ声で言った。

「ん？」

「ふふふ。熊胆だろう」

「へえ」

「お帰りなさいまし」

と、玄関にはすでにおウメが出て待っている。

いつものことで、役中頼みの品は菓子類だろうが薬種だろうが、ほとんどこの下働きの老夫婦の胃の腑に収まる。老夫婦にとって、役中頼みは目方の重さよりもそのほうが嬉しい。

居間でくつろぎ、底を探ると十両もの大金が収まっていた。町場の職人の半年分ほどの稼ぎに相当する。その額に、松平屋敷の龍之助への期待があらわれていよう。もちろんその金子《きんす》は、左源太もお甲も、さらに弥五郎や伊三次たちのふところまで潤《うるお》すことになる。

それら分散される十枚の小判を畳の上にならべ、龍之助はふと思った。確かに奉行も与力も、松平屋敷からの下知には腹を立てている。だが、それがいつも空《から》打ちにな

ることに、

（かえって溜飲を下げているのではないか）

松平屋敷はその内通者を、一日も早く挙げたいと願っている。そのあらわれが、いま龍之助が見つめている役中頼みの山吹色《やまぶきいろ》……。

外ではいま陽が落ちようとしている。

奉行所の小者が火急打ち込みの下知を持って冠木門を駈け込んでくる気配はない。

「旦那さま。膳の用意ができましたじゃが、一本つけますかね」

台所のほうからおウメの声が聞こえ、

「おう。おまえたちの分もな」

龍之助は返した。

すでにその用意もできているようだ。

五

「兄イーッ」

と、左源太の声が聞かれたのは、火急の打ち込みはなかったものの公事《くじ》の処理に時間を取られた二日間ほどが過ぎ、八丁堀の組屋敷に戻り居間でくつろいだばかりのときだった。

左源太は声とともに冠木門《かぶきもん》に駈け込んだ。

「おう、どうしたい」

「へへ。来やしたぜ」

明かり取りの障子を開け、縁側に出た龍之助に、左源太も庭から縁側に走り、乗り上げるように腰を据えて言った。

龍之助は、なにが来たのか即座に解した。

(小柄で敏捷そうな武士)

それを待っていたのだ。

松平家の加勢充次郎の思惑どおり、沼津藩水野家を探っていた磯崎六蔵を殺害したのが、水野家の家臣と思われるあの小柄な武士であったなら、

(ふふふ。おもしろい)

甲州屋で加勢と鳩首して以来、秘かに龍之助の脳裡に宿っていた。

(だったら水野家の侍さんよう、あんたの殿さんは気に入らねえが、おめえさんに合力してやろうじゃないか)

と、真剣に思っているのだ。

「あの小柄な武士かい」

「ほっ、兄イ。察しがいいぜ。図星でさあ」

言いながら左源太は草鞋《わらじ》を脱いで縁側に上がり込み、

「入れ」

龍之助は居間へいざなった。

「あれあれ、左源太さん。こんな時分に来て。旦那さま、夕餉の膳は二人分にしますかね」

「ありがてえ」

お茶を運んできたおウメが言ったのへ、龍之助よりも左源太のほうが先に応えた。

陽が沈む前で、部屋はまだ明るい。

左源太は話した。

ついさっきのことらしい。茶店・紅亭の茶汲み女が、長屋の塒《ねぐら》で薄板を削っている左源太を、

「──名を言わないんですよ。お武家が薄板削りの左源太さんにつなぎをとってくれって」

と、呼びに来た。

「――おう。ちょいと小柄なお武家だろう」

と、左源太にはそれが誰かすぐに分かった。

言ってきびすを返した茶汲み女を追うように、左源太はすぐに出向いた。

行くと思ったとおり、磯崎六蔵なる松平家の家士を尾《つ》けるように神明町の賭場を出た、小柄で敏捷そうな武士だった。名はまだ聞いていない。

「――へへへ。来なさると思っておりやしたよ、旦那」

「――ふむ」

愛想笑いを浮かべる左源太に小柄な武士はうなずき、

「――で、次回はいつだ」

と、まず次の開帳の日を訊き、さらにこのあいだの大柄な武士は以前から来ていたのか、役人に踏み込まれる心配はないのかなど、

「根ほり葉ほり訊きやしてね。開帳はあしたで、お武家はめったに来なさらねえ。このまえ二人もお武家が見えたのは珍しいことで、役人に踏み込まれることはねえから安心しなせえって言うと、そのお侍、しきりにうなずいておりやしたが……」

左源太はさらに、

「なぜ役人に踏み込まれないのだ、裏で奉行所につながっている者でもいるのかと、けっこうしつこく訊くもんで、そんなの俺が知るかいって応えておきやしたよ。へえ、あの日の新橋のこと、あっしのほうからはなにも言いやせんでした」

「はい、左源太さんの分もできましたよ」

「おっ、二合徳利ですかい。たまんねえ」

おウメと茂市が晩酌つきの二人分の膳を居間に運んできた。

陽がちょうど落ちようとしているのか、明かり取りの障子が朱に染まっている。

中断された話が、徳利とお猪口《ちょこ》の動きとともに再開された。

「向こうからはなにも訊かなかったかい、新橋のことさ」

「訊きやしたぜ。この二、三日、新橋あたりからなにか変った話でも伝わってこなかったかって」

「なんて応えた」

「言わねえほうがいいかと思いやして、知らねえと言っておきやした」

「相手はどう反応した」

と、こんどは龍之助がしつこく訊いた。

「どう反応って。街道の紅亭の縁台で茶をすすりながら、あっしを疑《うたぐ》るようにじろりと睨みやしてね。おまえはいつもこの茶店に来ているのかなどと訊きやがるもんで、毎日のように来ていまさあと言ってやりやしたよ。新橋の土左衛門について、なにも伝わっていねえことを印象づけようと思いやしてね」

「ふむ」

箸を手に、龍之助はうなずき、

「ともかくあした、その武士は来そうだというのだな」

「むろんでさあ。あっしに役人が踏み込まないことを、二度も三度も念を押していやしたからねえ」

左源太は自信ありげに言い、まだ提灯を必要としないうちに、酒と夕餉にありつき満足そうに引き上げた。

その日が来た。

茂市には朝から、きょうの迎えはいらないことを告げている。

夕刻前に奉行所を出た龍之助は、街道を南に向かった。

もちろん左源太と打ち合わせたとおり、神明町に向かってである。龍之助が来ることは、すでに左源太から弥五郎に話が行っている。

「あら、旦那。きょうもお見まわりですか。ご苦労さんにございます」

茶店・紅亭の茶汲み女の声と同時に、

「兄、いや、旦那」

と、左源太が暖簾を入った入れ込みの板の間から出てきた。入れ込みの奥が板戸で仕切られた部屋になっており、家族連れの参詣客などがよく入っている。茶店の紅亭は日の入りとともに暖簾を下げ、目印の幟もかたづける。

龍之助が茶店・紅亭の前で足をとめたのは、日の入りにはまだいくらか間がある時分だった。

暖簾から出てきた左源太は、

「弥五郎親分が石段下のほうで待っているから、と。お甲の部屋でさあ」

と、顔を近づけ、声を低めた。

「なにかあるのか」

「へえ。深川の万造《まんぞう》さんが、いまじゃ親分さんでやすが、来ておいでで」

「なに？」

龍之助は左源太を暖簾の中へ押し込んだ。

深川の万造……龍之助には懐かしい名だ。

龍之助が八丁堀に入ったばかりのころ、緑川《みどりかわ》の甚左《じんざ》という相撲《すもう》上がりのばくち打ちが、北町奉行所の悪徳与力とその配下の隠密廻り同心と組み、江戸中の賭場を支配しようと暗躍したことがあった。そのとき大松の弥五郎と手を結んだ龍之助は、深川の貸元衆とも弥五郎をとおして組んだ。万造は、そのときの深川衆の代貸の一人で、龍之助とのつなぎ役になった男だ。単なる使い走りのつなぎ役ではなかった。

甚左と役人との結託に気づき、これを人知れず排除したのが鬼頭龍之助であり、手足となって動いたのが大松の弥五郎に深川の万造だったのだ。単なる手足ではない。江戸中の裏社会の地図が塗り替えられ、大混乱に陥るのを防いだのである。

北町奉行所の御留書には、与力一人と隠密廻り同心一人が大風の日に、

――風烈廻りの微行途中、誤って水に流され……

と、記されている。

龍之助が悪徳与力と対決したのは金杉橋だった。

その真相を知るのは、まさに龍之助の手足となって分銅縄《ふんどうなわ》を投げた左源太と手裏剣を放ったお甲、さらに弥五郎に伊三次、それに深川の万造のみである。

万造は当時、増上寺の門前町とおなじように、深川の富岡八幡宮の広い門前町をうまく棲《す》み分けている貸元の配下だったが、いまでは貸元の座を禅譲され、一家を張っ

て富岡八幡宮門前の一角を仕切っている。

「深川の万造親分が来なさったのは、ひょっとしたら」

「言うな」

龍之助は低く左源太の口を制した。

その来訪は、微塵も予期したことではなかった。かつての秘密を共有している一人である。用向きを左源太はまだ聞いていないようだが、目に見えぬところでなにかが大きくうごめいているのを、龍之助は感じ取った。

(新橋の土左衛門にも、なにやらつながっていそうな)

脳裡を走った。

「お甲の部屋だな」

「さようで。あっしはここであの小柄なお武家が来るのを待ち、一緒にもみじ屋へ行きまさあ」

「分かった」

龍之助は左源太を茶店の紅亭に残し、

「あれれ、旦那。いまお茶を淹《い》れましたのに」

「すまねえ。また来らあ」

茶汲み女の声を背に、龍之助は暖簾を出た。

神明町の通りの入り口付近で、茶店・紅亭の軒端《のきば》を借りて占いの台を出している信《しん》兵衛《べえ》が、

「ありゃ、旦那。見てくだされ、この閑散とした人出を。こんなご時世、いつまで続きましょうかな」

「あはは。そう長くはあるまいよ」

声をかけてきたのへ、龍之助は気さくに返した。およそ町方の役人と町場の者が交わしていい言葉ではない。それが神明町では許されるというよりも、信兵衛は左源太とおなじ長屋の住人で、龍之助とは気心も知れているのだ。

だが龍之助は、笑顔のまま前に向きなおりハッとした。前方から来た武士と、占いの台の前ですれ違ったのだ。

神明町の通りもかつての活況はないものの、往来人が間もなく昼間の参詣客から享楽を求める夜の客へ変わろうとする時間帯である。

武士は神明宮へ詣《もう》でていたのか、それとも神明町のようすを足で探っていたのか、すれ違ったとき殺気ではないが、強く意識されているのを感じた。

武士もすれ違った刹那《せつな》、互いに気を飛ばし合ったのであれば意識されたのを感じ取

ったはずである。龍之助は着ながし御免の黒羽織で町方の同心であることは一目で分かり、武士は小柄で敏捷そうな感じだった。

（これから賭場の開帳される町に同心？）

（ふむ。こやつか）

二人は胸中に感じていたのだ。

小柄な武士が意識しながらもふり向かず、街道に出ると茶店・紅亭のほうへ曲がったのを、龍之助は同様にふり向かないまま背に感じた。足は石段下のほうに向かっている。

小柄な武士は茶店・紅亭の縁台に座ると、

「へへ、旦那。やっぱりおいでなさいやしたね。待っておりやしたぜ」

と、暖簾の中から左源太が出てきて横に腰を据えた。

「おう、おまえか。俺と一緒に行く気か。それよりもさっきここの通りで町方の役人を見かけたが、大丈夫か」

「へへへ。いつものことでさあ。ご懸念にはおよびませんぜ」

小柄な武士と左源太は話しはじめた。

暖簾を下げるには、まだすこしの間がある。

通りでは、

「あ、旦那。ご苦労さまです」

「また寄っていってくださいまし」

「おう。精が出るのう」

かかる声に龍之助は一つ一つ返しながら、脳裡は別のことを考えていた。

きょうの開帳では〝小柄な武士〟の面体《めんてい》を確認し、帰りには左源太とお甲に尾《つ》けさせ、その者が水野家の家臣であることを突きとめるまでしか考えていなかった。どこをどう手繰《たぐ》っていくかは、

（そのあとの成り行き）

だが、深川の万造の来たことと、いま〝小柄な武士〟と出会ったことで、龍之助の脳裡は大きく前進した。

（よし、今宵だ）

なにが……。

龍之助にも分からない。

ともかく、

（今宵）

なのだ。
こたびの動きで、誰を挙げなにを解決しようとしているのではない。
真相を突きとめ、
（闇に葬るべきは葬り、おもてにすべきはおもてにする）
その第一歩を今宵、
（踏み込むぞ）
足は石段下の紅亭の前でとまった。
「龍之助さまア」
暖簾の中から、待っていたようにお甲が走り出てきた。

二　打ち込み

一

「鬼頭さま。ごぶさたいたしておりやす」

「おぉう、万造。久しいなあ」

と、挨拶はすぐに終わり、部屋には三人が残った。

深川の万造は、龍之助を訪ねるなら直接八丁堀に行けばいいところだが、知り合ったのが大松の弥五郎を通じてからだったため、無頼たちの仁義をとおし、まず神明町に訪《おとな》いを入れ、そこから八丁堀につなぎをとるつもりだったのだ。万造のそうした律儀さを、以前から龍之助も弥五郎も気に入っていた。その万造とのほぼ五年ぶりになる再会は、龍之助にとっては気分のいいものだった。

お甲と伊三次は、龍之助が部屋に入ってからすぐに、

「――もみじ屋のほうに参りますので」

と、席を立った。

そろそろ盆茣蓙《ぼんござ》の用意をしておかねばならない時刻になっている。

万造について来た深川の若い衆も、

「――お甲姐さんの采配を見とうござんす」

と、お甲と伊三次について行った。

そのもみじ屋には、左源太が小柄な武士を連れてくることだろう。

割烹・紅亭の奥の部屋では、三人が三つ鼎《みがなえ》になるなり、たちまち緊張の糸が張られた。

小柄で坊主頭の弥五郎の双眸《そうぼう》は不気味に冴え、万造も龍之助とおなじ三十代なかばだが、以前の代貸のころにくらべ、一家を率いているせいか筋肉質の体軀《たいく》に角張った顔相にも貫禄が出ている。

口火を切ったのは龍之助だった。

「おまえさんに会えたのは予想外だったが、ただ遊びに来たわけじゃなかろう。聞かせてもらおうか」

「それなんでさあ、旦那。あっしもさっき万造さんから聞いて驚きやしたぜ。例の盆茣蓙でさあ」

弥五郎が応じた。

「ほう。こんどは大規模な盆茣蓙が深川で開帳されるってのかい」

「そのとおりで。しかも胴元が、老中首座の松平定信さまのご家中らしいので」

「なんだって!」

これには龍之助も仰天し、

「どういうことだ」

万造に視線を合わせた。

「そろそろ行灯《あんどん》をお持ちいたしましょうか」

廊下に女将《おかみ》の声が立った。

もみじ屋では百目《ひゃくめ》蠟燭《ろうそく》を部屋の四隅に立て、そろそろお甲が座についたころだろう。左源太もあの小柄な武士とすでにもみじ屋に入っていようか。

「おう」

弥五郎の声に襖《ふすま》が開き、女将と仲居が二張《ふたはり》の行灯を持って入ってきて、

「夕餉《ゆうげ》はいかがいたしましょう」

「うぅ。いまはよい。呼ぶまで来るな」

焦《じ》れったそうに言う弥五郎に女将は、

「これは相済みませぬ」

急ぐように仲居をうながし廊下へ出て襖を閉めた。

このときばかりは龍之助もいささか焦《じ》れ、

「さあ」

「へい」

言ったのへ万造が応じ、

「五日ほど前《めえ》でございやす。見慣れねえ地まわりが来やして、近々富岡八幡宮の門前町で料理茶屋の離れを借り切りまして、大規模な手慰みの集まりを催すのでご同座ありたい、と」

「どんな離れだい」

「柏屋《かしわや》と申しやして、あっしの縄張内《しまうち》じゃござんせんが、ご門前の広場からすこし脇に入りやして、大川（隅田川）に通じる掘割に面した、舟でも乗りつけられる優雅な離れで、襖を取り払えば四、五十人は入れそうな広さはありやす」

「うーむ。大人数になりそうだなあ。それに松平の家中が胴元とは？　順を追って詳しく話せ」

龍之助は一膝すり出て、上体を前にかたむけた。役人としての聞き込みではない。〝松平の家中〟に心ノ臓を高鳴らせているのだ。

「へい」

ふたたび張られた緊張の糸のなかに、万造は話しはじめた。

ご時世から、土地々々に根を下ろしている貸元衆は逼塞《ひっそく》し、深川の富岡八幡宮の門前町も同様だった。そこへ久々《ひさびさ》に大きな開帳があるとの触れがながれたのだ。当然、脇道や路地裏の話題となる。これまで大掛かりな打ち込みがあった小石川、赤坂、市ケ谷の例と、出だしが似ている。

ながしたのは深川とは馴染みのない一群で、場所も土地の貸元衆とは違って常設の場を持たず、料理屋の二階や離れを日切りで借り切っている。

「見慣れねえ面《つら》だったので問い質《ただ》しやした。もちろん小石川や赤坂、市ケ谷での件は話に聞いて知っておりやす。そこを質したのでさあ」

あの三件は手入れのあるのを事前に察知したため、二カ所は日と場所を変え、一カ所はおなじ日に場所だけを変え、

「無事に盆は開いたとのことでございやした。それに、事前に洩れて打ち込みがあっ

たのは三度だけで、あとはすべてお客に楽しんでもらっている、と」

「なんだと。あの三件はたまたまだったというのか」

「そのようで。しかもあっしら土地の者に地まわりが来るのは、小刻みな盆を近くで幾度か打ち、それの打ち上げだってぬかしやがるんで」

いまいましそうに万造はつづけた。

「このご時世にそれほど巧妙にやられたんじゃ、あっしら土地の者は手も足も出ませんや」

「うーむ」

弥五郎が深刻そうなうなずきを入れた。同感の思いなのだろう。土地々々の貸元衆にとっては、明らかに縄張荒らしだ。だが、それを傍観しなければならないのも、なにもかもご停止《ちょうじ》のご時世だからである。

「どんな手を使ってやがるのだ。問い詰めたのだろう」

「へえ。そこに出てきたのでさあ。元締は松平さまのご家中だから大船に乗ったつもりで安心してくだせえ……奉行所の手入れがあるときは、前もって分かりやすから……と。なるほど、地まわりの野郎、まだ二十歳《はたち》ばかりの若え野郎《わけ》でしたが、奥州なまりがありやした」

「松平の白河藩は奥州だぜ」

龍之助はぽつりと言った。

なにやら緑川の甚左のときと似てきた。

同時に、深川の万造がわざわざ神明町に来た理由《わけ》もそれとなく分かった。

いまをときめく老中首座の家中に対抗するには、土地の貸元衆が束になっても無理だ。抗《あらが》おうとすれば、逆に叩き潰されるだろう。ならば方途は、

（一つしかない）

緑川の甚左に北町奉行所の与力と隠密廻り同心を秘かに葬ったように、〝敵〟の動きが探れる立場にいる者と手を組み、闇の場で争うしかない。しかし、こたびの対手《あいて》は松平の家中だというではないか。奉行所と沼津藩水野家三万石の江戸屋敷が微妙にからみ、さらに松平屋敷の加勢充次郎は〝味方〟となるか、それとも〝敵〟になるのか……。

（どこをどう攻めたらよい）

分からなくなった。

だが、龍之助は言った。

「分かったぜ、深川の」

つづけて弥五郎に視線を向け、

「新橋に松平の横目付の死体が引っかかっていた話はしたかい」

「さっき聞かせてもらいやした。いってえ、なにがどうなっているのか、理由《わけ》が分かりやせん」

無言でうなずいた弥五郎に深川の万造が応えた。

「俺にも分からねえ。ともかくその話、乗ろうじゃねえか。だがなあ、思い出すぜ。緑川の甚左のときをよお。与力の田嶋《たじま》重次郎《じゆうじろう》に隠密廻り同心の佐々岡《ささおか》佳兵太《かへいた》だったなあ。あのときは人知れずうまくかたづけられたが、こたびの〝敵〟は一塊《ひとかたまり》だけとは限らねえぞ」

「分かっていまさあ。隠売女や賭博を人殺しなみに禁じている松平家中の者が、賭場のうしろ盾になってござる。嗤《わら》うよりも〝敵〟は見えにくくて複雑と思わなきゃならねえ、と」

「それが分かっていりゃあよい。新橋に上がった土左衛門あたりが、ちょうどいい突っ込みどころとなりそうだな。左源太がそれに関わっていそうな侍に目串《めぐし》を刺し、いま一緒にもみじ屋へ上がっているはずだ。おっつけ左源太からつなぎがあろうよ。そのときは、お甲も盆茣蓙を離れることになるぜ」

「へえ。それはもう」

弥五郎が返し、

「鬼頭さまがついてくださりゃあ言うことはねえ。下知に従いやすぜ」

と、万造も満足そうに言った。根がおなじかもしれない件で、すでに龍之助は動いている。きょう神明町に来た収穫は充分にあったようだ。

「そうそう、万造」

「へえ」

「訊くのを忘れていた。その柏屋とかいう料理茶屋の離れ、開帳はいつだ」

「あ、それをまだ旦那に言っていなかった。あしたでさあ」

応えたのは弥五郎だった。

「これは失礼いたしやした。鬼頭さまを待ちながら、弥五郎さんとそれを話しておりやして、つい言ったつもりになってしまっておりやした」

万造も苦笑の態《てい》で言った。

部屋の明かりはすでに行灯の火のみとなっている。

座がやわらいだ。

龍之助も笑顔になったがすぐ厳しい表情になり、

「おめえら二人とも、あしたは動くな。手下《てか》の者たちもだ」

「また、なにゆえ。あっしは伊三次を連れて行くつもりでいやしたが。そやつらのお手並みを拝見しようと」

「手入れがあれば事前に分かる、と。その気で盆の前に座りゃあ、裏が見えてくるかもしれやせんぜ」

「そうかもしれねえ。だがな、松平の家中だってどんな手違いがあるかしれねえ。現場でおめえらに縄をかけたくねえからなあ。ともかく俺はあした、なんの細工もしねえ。ただ奉行所の駒となって、与力の下知のまま動く。それだけでも向こうさんの手口の一端は嗅《か》げようぜ」

「まあ、そうでやしょうが」

「それよりも弥五郎。腹が減ったぜ」

「へえ。あっしもで」

弥五郎が応じ、襖のほうに向かって手を打った。

すぐ廊下に足音が立った。

「ん？」

部屋の三人は一様に首をひねった。

女将ではない。荒々しい。しかも走っている。

「旦那！」

切羽詰まった声とともに襖が開いた。

行灯の炎が激しく揺れた。

もみじ屋の賭場に出張っていた大松の若い衆だ。

「左源太の兄イから鬼頭の旦那へっ。件《くだん》の侍がもみじ屋を出やした。左源太兄イがぁとを尾《つ》け、お甲姐さんも壺を伊三次兄イと交代しやした。旦那が外に出れば、居場所がすぐ分かるように兄弟《きょうでえ》たちが見張っておりやす」

まだ宵の五ツ（およそ午後八時）時分だ。他に武士がいなかったからか、小柄な武士は思ったよりも早く賭場を引き揚げたようだ。

「よし。分かった」

若い衆はもみじ屋から走って来たのか、息せき切って言ったのへ龍之助は返すなり立ち上がり、

「弥五郎！　すぐ一ノ矢に俺が縄張に入るが標的は余所者と告げよ。それ以外おめえら一切手を出すな」

すでに廊下へ出て、

「へい」

弥五郎が返したときには、もう足音は遠ざかっていた。

万造は龍之助の動きを、

(さすが)

と、頼もしそうに見送った。

外は暗い。だが点在する飲食の店の灯りがある。

「あ、旦那。左源太の兄イは大門《だいもん》の通りのほうへ」

「よし」

神明町の通りに出ていた大松の若い衆が言い、さらに大門の大通りへ出ると、

「旦那！　あそこでさ」

龍之助を待つように立っていた別の若い衆が、すっかり人通りが絶え、ただの暗い空洞となっている大門の大通りを指した。

かすかに動く人の影が感じられた。

お甲の背だ。

「ご苦労。もう帰っていいぞ」

龍之助は若い衆を帰し、足を忍ばせお甲を追った。

「あ、龍之助さまア。あれを」

暗い中に、お甲は手で闇を示した。影が一つ、左源太だ。その前方にぶら提灯の灯りが……件《くだん》の小柄な武士だ。

(ありがたい)

龍之助は思った。夜に人を尾《つ》けるとき、対手が灯りを持っていてくれたなら、これほど至便なことはない。

(事態は一挙に動き出しそうな)

同時に込み上げてくる。

背後にも人の気配が……本門前一丁目の一ノ矢へ向かう大松の若い衆だ。弥五郎に言われ、一ノ矢へ龍之助の口上《こうじょう》を伝えに行く若い衆だ。

二

小柄な武士が持つぶら提灯の灯は、大門の広場のような大通りから本門前一丁目と中門前一丁目の境になる脇道に入った。その土地へ一歩踏み込めば、暗く大きな空洞からいきなり軒提灯がならび、女の嬌声や酔客のざわめきに脂粉の香がただよう世界へと一変する。

大通りでは有用だった提灯は、そこではかえって邪魔になる。だが小柄な武士は火を消し折りたたんでふところに入れるでもなく、そのまま持ちつづけ、

「おう」

「ふむ。あとで」

と、ぶつかりそうになった酔客を避け、呼び込みの声をかける女をかわし、他とは違った足取りで歩を進めている。

なかにはぶつかりそうになった相手が武士と分かり、

「おぉ。これはどうも、へえ」

と、恐縮するように一歩引き、腰をかがめる酔客もいる。

小柄な武士は幾度も枝道を曲がる。そのたびに職人姿の左源太は立ちどまってふり返り、お甲が尾いて来ているのを確かめ、

（あっち）

顎《あご》で武士の進んだ方向を示し、また夜のさんざめきの中にあとを尾ける。その方向にお甲が歩を取り、すこし遅れて龍之助がつづいている。人を尾行するときの、典型的な方途だ。ときどき前後を入れ替われば、対手がふり返っても気づかれることはな

い。だがお甲と左源太はさっきまで、その武士と顔を突き合わせ、話までしている。そこは夜の盛り場の軒提灯や酔客、酌婦など、とっさに身を隠す場を随所に提供してくれている。

すれ違うにも肩と肩が触れ合うような路地に、着ながし御免に黒羽織の八丁堀を見れば、周囲は緊張する。当然、土地の貸元に八丁堀が入り込んだ知らせは入っているだろう。だが、

『へへ、旦那。なにかご用でしょうかい』

と、遊び人風の男が龍之助の前に立ちふさがることはなかった。

大松の若い衆が一ノ矢につなぎを取り、即座に他の貸元衆にも知らせが走ったのであろう。町を棲《す》み分けている貸元同士で、そうしたつなぎは驚くほど迅速である。まかり間違えば、誤解と勇み足から血の雨が降りかねないのだ。そこを、元無頼を張っていた龍之助はよく知っているから、出る前に弥五郎へ一ノ矢へのつなぎを依頼したのだ。

小柄な武士は幾度も角を曲がりながら、足は確実に南方向へ向かっている。

龍之助はお甲の背について歩を取りながら、

「うむ」

うなずいた。その武士が沼津藩水野家の家士なら、このあと進む道順はおよそ予測できる。

増上寺の門前町は大門の大通りから南へ本門前町と中門前町が、一丁目から三丁目までつづいている。このご時世でも一丁目はにぎわっているが、二丁目は軒提灯もまばらになり、三丁目になれば雑多な木賃宿などがならび、飲み屋の軒提灯は点在するばかりとなり、その先は新堀川の土手道となって増上寺の門前町は終わる。隠売女厳禁のきついご布令が出るまでは、この土手道は夜な夜な夜鷹《よたか》が出没したものだが、土地の貸元衆と龍之助との話し合いで、いまは見られない。

その新堀川に、本門前三丁目を過ぎたところに橋が架かっている。将監橋《しょうげんばし》だ。昼間でもここは人通りが少なく、陽が落ちればそれこそ闇一色となり、門前町で遊んだ酔客のぶら提灯が、ときおり揺れるのみとなる。その将監橋から下流へ二丁（およそ二百米）ほど下ったところに、東海道の金杉橋が架かっている。

沼津藩水野家三万石の上屋敷は、将監橋を渡り下流のほうへ土手道を下り、金杉橋との中間あたりに豪壮な正面門を構えている。

飲み屋の軒提灯がまばらになりかけたころ、龍之助は歩を速めてお甲に追いつき、

「おい、将監橋で声をかけるぞ。先まわりして橋の向こうを固めろ。左源太には手前

を固めさせる」

「あい」

お甲は着物の裾《すそ》をたくし上げ、小走りに脇の路地に入った。提灯を持たずとも、前方の左源太と武士を迂回して前に出る道はいくらでもある。すぐにお甲の背は見えなくなった。お甲の帯には手裏剣が数本隠されており、職人姿の左源太の腹掛《はらがけ》の大きな口袋《こうたい》には、得物の分銅縄《ふんどうなわ》が入っている。この二人に挟まれたなら、いかに手練《てだれ》の者といえど逃げ延びることは不可能だろう。

そのうえで松平家の横目付・磯崎六蔵を尾けた真相を質《ただ》し、返答次第では捕縛するのではなく、

(合力してやるぞ)

龍之助は思いを秘めている。

小柄な武士は軒端の入り組んだ狭い路地から、新堀川の土手道に出た。暗く、提灯の灯りがことさら目立つ。歩は明らかに将監橋へ向かっている。近くにほかの人影も灯りもない。

龍之助はさらに足音を忍ばせ、

「あ、兄イ」

「しっ。お甲が橋向こうへ先まわりした。おまえはこっち側だ」

「へい」

龍之助は左源太の返事を背に聞いた。

昼間なら将監橋が目の前に見えるはずだが、いまは闇の空間に提灯の灯りがふわりと浮かび、流れる水の音へかすかに草履《ぞうり》の音が混じっているのみだ。

提灯の灯りは、橋の中ほどであろうか。

「おっ」

武士が前方の橋のたもとに気配を感じるなり、

──ブスッ
なにかが提灯を突き破った。

(手裏剣！)

感じとった武士は、とっさに火を吹き消そうとした。

「それには及ばねえぜ」

龍之助は橋板に踏み込み、故意に雪駄の音を立てた。

「なにやつ」

武士は欄干を背に提灯を雪駄の音のほうへかざした。

「脅《おど》かしてすまねえ」

龍之助は雪駄の音も大きく歩を前に進めた。

武士は左手に提灯、右手を刀の柄《つか》にかけ腰を落としている。

雪駄の音が提灯の灯りの中に入った。

「さっきから尾けている者がいると感じていたが、町方であったか」

小柄な武士は腰を伸ばし、刀からも手を放した。近寄る影に闘争の意志がないのを感じ取るとともに、

(よかろう。話し合おうか)

その意志表示であった。

龍之助は乗った。お甲の一打が効いたのかもしれない。だとすれば、その武士もまた適切な判断で、相応の手練《てだれ》といえよう。

「ほう。話の分かる御仁のようですなあ」

「分かるよりも、意地の悪いことを。配下に提灯を狙わせ、威嚇するとは」

二人は提灯をはさみ、向かい合った。そこまで近づいては、双方無言の合意を感じたか、共に抜き打ちがかけられない。言いようも共に落ち着いている。

増上寺のほうからぶら提灯が橋に入って来た。右に左に揺れている。橋の上に人が

いるのに気づいたか、

「おぉぉ」

声を上げ、ふらふらと端のほうへ寄った。いずれの屋敷の奉公人か、紺看板に梵天帯の中間姿が二人、二本差しの二人は無視するように川面へ身を向けた。左源太もお甲も身を隠したようだ。

「うぃーっ」

「失礼をばー」

千鳥足で通り過ぎた。

二人は苦笑し、ならんで欄干に手をかけたまま話しはじめた。

「そなた、なんとも不思議な町方でござるなあ」

「なにゆえ」

「さきほどの広い門前町を、その姿のまま難なく尾けて来られた」

武士は、門前町のありようを知っているようだ。

「それになあ」

つづけた。

「神明町の賭場から見張っておいでだったか」

「いかにも」

「それで事前にこの将監橋に人を配したとは、それがしが川向うの水野屋敷の者と知ってのことでござろうか」

「貴殿の眼力も鋭《するど》うござる」

「ということは、数日前からそれがしに目をつけておいでだったかな」

「いかにも」

「ふふふ。そなたの目的、分かりもうした。疑《うたぐ》っておいでじゃな。新橋に上がった水死体、松平家の横目付なれば」

「ご両家の経緯を考えれば、当然の疑いでござろう」

「世間はさように見ておりましょうなあ。実際、それがしはあの者を斬るつもりでござった。理由《わけ》はお訊き召されるな」

「ふむ」

小柄な武士の言葉に、龍之助は音だけの水面《みなも》に視線を落としたままうなずいた。

提灯一張《ひとはり》の灯りに浮かぶ二人の影が、あまりにも落ち着いていることに、左源太とお甲は拍子抜けした思いになっている。左源太などは、

（くそーっ。お甲だけがいい格好しやがって）

と、悔しさを噛みしめている。

橋の上の〝話し合い〟はつづいた。

「なれどそなた、それがしに目をつけられたは成り行きから理解できるが、お門違《かどちが》いでござるぞ」

「と申されると？」

「あの松平家の横目付の名が磯崎六蔵であることは、すでに知っておいでじゃろ」

「うむ」

「それがしは水野家の横目付にて、星相輝八郎《ほしあいきはちろう》と申す。殺意はあったが、殺《や》ったのはそれがしではござらぬ」

「えっ」

意外なことに、龍之助は思わず顔を星相輝八郎と名乗った武士に向けた。

「いま、なんと申された。それがしは北町奉行所定町廻り同心にて、鬼頭龍之助と申す。詳しく話されよ」

また遊び帰りの酔客か、三人づれのお店者《たなもの》風が提灯一張にかたまり、欄干に寄りかかった武士二人を避けるように橋を渡って行った。

「さあ。星相どの」

龍之助はうながした。

「あの夜、神明町の賭場を出てからだった。あとを尾けたのは確かでござる。お家のため、口を封じねばならぬ理由がありましてのう」

星相輝八郎は話し、大きく息を吸った。

（この御仁、並みの尺度では量れぬ町方）

さっきから星相は感じ取っているようだ。

あの夜、磯崎はぶら提灯を提げ街道を北方向へ向かったという。新橋の方向だ。

「それがしは尾ける身ゆえ、灯りは持たなんだ」

尾ける者の、当然の作法だ。

新橋の手前で、磯崎六蔵は掘割沿いの往還にそれた。そこを進めば、幸橋御門である。

「新橋と幸橋の中ほどでござった。前方に提灯の灯りがあった。あとから思えば、待ち受けていたのであろう。灯りは弓張提灯で中間が持ち、一人の武士につき随っておった。顔見知りかそれとも中間を連れた武士も松平家中の者か、二人は掘割に沿った往還で立ち話をはじめましてなあ。内容は聞こえなかったが、突然でござった。中間がいきなり磯崎に提灯を投げつけ、ひるんだところを武士が抜き打ちをかけたのだ。

不意打ちだった。磯崎は胸のあたりを斬られ、かなりの深手と思われた。さらにふらついたところを中間が体当たりし、掘割に水音が立った」

「ふむ」

嘘ではなさそうだ。龍之助の脳裡には、一つの仮説が立てられた。磯崎なる松平家の横目付は瀕死の重傷のまま水に流され、新橋の橋脚に引っかかった。辻褄《つじつま》は合う。

ふたたび音だけの水面に視線を落とし、

「これだけはお答え願いたい」

龍之助は問いを入れた。

「聞こう」

「貴殿が磯崎六蔵を殺そうとされたは、ご家中の方の、賭場がらみのことでござったろうか」

「言いにくいが、そうでござった。それ以上は……」

「ふむ」

龍之助はうなずいた。家臣がご法度の博打を……松平定信に知られたなら、いかなる口実に使われるか知れたものではない。そうした不始末が家臣にあり、それを松平家横目付の磯崎六蔵に嗅ぎつけられた……。

「星相どの」

「ふむ」

「その掘割に沿った往還で、相手方の武士と中間の面体《めんてい》は見られたろうか。つまり次回会えば、あの者と判別がつきましょうか」

「あの夜はかたやぶら提灯、かたや弓張提灯と灯りは二つでござった。それがし、至近距離に息を殺しておりましてな。弓張の二人は主従であろう。面体は慥《しか》と見定めてござる」

「分かりもうした」

　龍之助は返し、さらに見極めようと思案を進め、

「あした夕刻より、場所は深川にて……」

　富岡八幡宮門前の柏屋という料理茶屋の離れで、松平の家臣がからんでいると思われる大規模な賭場が開帳される話を、暗い川面に向かってながした。

「うううっ」

　星相輝八郎は低くうめくような声を出し、

「奉行所からの手入れは？」

　と、星相は反応を示した。

「分かりませぬ。いずれかよりいずれかへ内通する者がおれば、奉行所から捕方が出るでしょう。それがしはただ、上からの下知に従《したご》うて動くのみでござるゆえ」

「ふむ」

ふたたび星相はうなずいた。奉行所がまだ知らないことをこの同心は知っており、しかもそれを報告しようとしていない。

（この仁、単独でいずれかの〝内通者〟を焙《あぶ》り出そうとしているのか）

星相には思えてきた。

（ならば、せっかく教えてくれた話だ。俺も）

即座に決した。

「さあて。ここから帰るには、八丁堀より貴殿のほうが近《ちこ》うござるなあ」

龍之助は言いながら欄干から手を離し、大きく伸びをした。

「そのようでござる」

星相もつづいて提灯を手にしたまま伸びをし、

「向後、貴殿とつなぎを取るにはどうすればよいかな。直接、北町奉行所や八丁堀に訪ねて行くのは憚《はばか》られると思うが」

「いかにも」

龍之助は応え、

「左源太、出て来い」

「えっ」

いきなり名を呼ばれ、手にしていた分銅縄を腹掛の口袋に収め、

「へい」

もそりと橋のたもとの陰から身を起こして橋板に歩を進め、

「へへへ、旦那。さきほどはどうも」

星相は聞き覚えのある声に提灯をかざし、

「おっ。おまえは！」

「あらためて、よろしゅう。へえ」

左源太はぴょこりと頭を下げた。

「それがしの岡っ引でござる」

「えっ。うーむ」

それこそあらためて紹介され、星相は一本取られた態《てい》でうなった。

これで向後のつなぎは容易に取れる。

「あす、富岡八幡宮の柏屋でござるな」

「さよう」

星相は念を押し、橋の上の影は左右に別れた。

龍之助が左源太を呼んだ声は当然、お甲にも聞こえていた。

（どうなってるの）

思いながら欄干の端の陰から顔だけ出し、橋の上の動きをうかがった。

提灯の灯りがゆっくりと近づいてくる。

慌てて首を引っ込めた。

提灯の武士は覚《さと》ったか、お甲のすぐ近くで足をとめ、

「ご苦労。鋭い一打であった」

言うとふたたび歩を進め、橋を渡りきった。

提灯の灯りは新堀川の土手道を、ゆっくりと下流の水野屋敷のほうへ向かった。


石段下の紅亭である。

すでに暖簾を下げており、弥五郎と深川の万造はもみじ屋での賭場へ出向いたか、お甲の部屋には誰も残っていなかった。

龍之助と左源太、お甲は遅れた夕餉を鼎座《ていざ》になってつつきながら、

「おい、お甲。おめえ、なんだっていきなり打ちやがった。あんなの、俺は聞いていなかったぜ」

「あはは。俺も言っていなかったよ」

「あら、龍之助さまア。褒めてくださるんじゃないんですか。あたしは気を利かせたつもりですよう。あれで龍之助さまが星相さまと鍔迫《つばぜ》り合いをする手間がはぶけたのではありませぬか」

お甲は頬をふくらませた。

「そのとおりだ。とっさには俺も驚いたが、間合いは絶妙だった。しかも提灯を狙ったことで、逆に星相さんはこちらに敵意のないことを覚ったようだからなあ。あの仁も、なかなかの手練よ」

「ほら、ごらんなさい」

「ともかくだ、あしたお甲はここでおとなしくしておれ。左源太は深川へ物見《ものみ》に、念のため分銅縄は忘れるな」

「がってんでさあ」

「おもしろそうだからと、賭場に上がったりするんじゃねえぞ」

「分かった？　兄《あに》さん」

「てやんでえ」

こんどは左源太がふくれっ面になった。

三

その日が来た。

龍之助は奉行所に出仕してから、ずっと同心溜りで公事《くじ》の書類に目をとおし、一歩も外に出ることはなかった。ときたま同僚とむだ話もしながら、

(今宵は、見逃しか。打ち込みか)

脳裡を離れなかった。もし打ち込みなら、

(いかような流れがあって、火急の呼集がかかるのか)

その一端なりともつかもうとしている。

夕刻が近づいた。

奉行の部屋にも与力部屋にも、さしたる動きはなかった。

(茂市が迎えに来るにはまだ早いが)

表玄関口を出て正面門脇の同心詰所をのぞいてみようと、腰を上げたときだった。

「ん？」

中腰になったまま、動きをとめた。

玄関のほうが慌ただしくなり、廊下を幾人かがすり足で急いでいる。

「どうした」

龍之助は廊下に出て、すり足の小者をつかまえた。

「早《はや》です。いま、早が正面門に」

小者は応えるなり奥へ走り去った。

早馬《はやうま》である。

火急の知らせだ。だからといって疾走して来たのではない。城内や繁華な町なかであれば、馬には轡取《くつわと》りの中間がついて走り、さらに弓張提灯を持った足軽か捕方が、先導するように前面を駈けるはずだ。

龍之助は正面門に走り、門番に質した。

「はい。奉行所の早でも評定所からでもございませぬ。いずれかのご家中のようで」

「ほう。ならば先触《さきぶれ》がかざしていた弓張の家紋は？」

「たしか星梅鉢《ほしうめばち》でございました」

「なに！」

龍之助の心ノ臓は高鳴り、すぐさま屋内の同心溜りに戻った。

星梅鉢……白河藩松平家十万石の家紋なのだ。

おなじころ、深川では人知れず異変が起きていた。富岡八幡宮の門前町だ。

水野家の横目付・星相輝八郎は、北町奉行所同心の鬼頭龍之助を信じ、出張っていた。一人ではない。富岡八幡宮と聞けば水運の便がまず脳裡に浮かぶ。念のため自前の猪牙舟《ちょきぶね》を二艘も用意し、配下は船頭も入れれば七、八人か。猪牙舟は形が猪《いのしし》の牙《きば》に似て軽快で小まわりが効き、船頭を入れて二人か三人乗りの小型の舟だ。

水野家にすれば、賭場との関わりは判らないまでも、

――松平家の横目付・磯崎六蔵を殺害したのは、おなじ松平家の家臣
動かぬ証拠をつかめば、松平定信の圧迫を押し返す強力な札となる。

あのときも賭場の帰りだった。今宵もまた賭場が開かれる。顔を覚えているあの武士と中間が、ふたたび出没する可能性は小さくない。

星相輝八郎が専用の猪牙舟とともに七、八人もの配下を率いているとは、それがすでに藩の意志になっていることを示していよう。

星相は昼間から料理茶屋・柏屋の周辺を歩いた。

地形を調べ、思えるのはやはり、

（舟）

であった。

夕刻近くなり、配置は完了した。柏屋の裏手に石で畳《たた》んだ舟寄場《ふなよせば》がある。そこが見える小料理屋に一部屋を取り、詰所にした。さらに柏屋の表玄関が見える茶屋にも一部屋を取った。

星相は、

（やつら主従が出るのは前回とおなじ、丁半が始まりすっかり暗くなった時分）

を想定していた。

まだ日の入り前である。

「おまえたち、まだ間がある。いまのうちに腹ごしらえをしておけ」

部屋にいる配下に言ったときだった。

物見に出ていた配下が慌ただしく駈け戻って来た。

「不審な猪牙舟が一艘」

舟寄場に向かっているという。

船頭に客は一人、しかも中間だという。武士かお店者《たなもの》が一人で乗っているのなら不思議はないが、中間が一人で……怪しい。

部屋から首を伸ばせば舟寄場が見える。猪牙舟はいま着いたところだ。

「あっ」

星相は声を上げ、

「あやつを生け捕りにしろ！」

動きは迅速だった。店の者に怪しまれぬように外へ出るなり数名で中間を囲み、

「猪牙に戻れ。来たのと別の猪牙だ」

「うっ」

身を寄せてきた武士にいきなり脇差を突きつけられ、中間はうめく以外なにもできなかった。囲んだのはいずれも二本差しであり、周囲からは武士が数人舟待ちでたむろし、そのなかにお供の中間が一人いるくらいにしか見えないだろう。その風情をつくるのに、

（さすがあ。手際がいいぜ）

と、舟寄場近くの物陰から見ていた者がいる。職人姿の左源太だ。

漕ぎ出した舟を、左源太は岸辺から見失わないように追った。

星相が差配しているのだから、無理やり猪牙舟に乗せたのが、

（そうかい。あの中間かい）

左源太は推測した。

間違いはなかった。あの夜、新橋と幸橋との中ほどで星相が慥《しか》とまぶたに収めた中間だ。水野の家士がその中間をどこへ連れて行き、どのような駒として使うか、龍之助にとっては向後のつき合いからも、是非知りたいところだろう。

いつの間にか陽は落ち、あたりは暗くなりかけている。

前の猪牙舟には星相と中間ともう一人の武士が乗り、あとの舟には警護するように二人の武士が乗っている。岸辺から見守る者はいない。他の配下の者たちは柏屋の玄関が見える茶屋から、その後の成り行きに目を凝らしているのだろう。そうした配置もなかなかのものだ。

「くそー。幕が降りるにゃ早すぎるぜ」

掘割に沿った往還に見え隠れしながら、左源太は焦った。見え隠れしているのは左源太ではない。二艘の猪牙舟だ。大小の舟が行き交い、小さな猪牙舟はそれら舟影に見えつ隠れつ波を切っている。

そこへ夕闇が迫る。提灯をかざした舟でも、どれがどれか見分けがつかなくなる。ましてや火を灯していなければ……そこに左源太は焦りを覚えたのだ。

富岡八幡宮の門前町に引かれた掘割は、江戸湾にも大川にも通じている。二艘の猪牙舟は大川への水路をとった。大川に出れば、そこは永代橋のわずかに下流で、眼前に橋脚が見上げるようにならんでいる。

（こいつは困った）

舟影はまだなんとか見分けがつくものの大川に出れば、舟が多すぎる。それに舳《へさき》は流れにさからい永代橋に向かっている。橋の下は闇だ。一度目を離し、出てきたときにはもう見分けはつかない。

（ともかく上から）

左源太は橋の上から目を凝らそうと走り始めた刹那《せつな》だった。目を離さずとも、舟はすでに暗い橋の下に入り、見えなくなっていた。

――ジャボン
人のわずかに騒ぐ声へ水音が重なった。

（誰か落ちた？）

左源太は思ったが見えない。

舟が暗闇に入ったときだ。それまでおとなしくしていた中間が不意に腰を上げ、水面に身を投げたのだ。猪牙舟は船頭を入れて四人が乗っていた。あと少し揺れれば転覆する。いかに星相といえど組みつくことはできなかった。だが、不覚の上塗りをすることはできない。とっさに刀を抜き放った。手応えはあった。

「找《さが》せ！　引き上げるのだ！」

素早く命じ、闇のなかに二艘は散開した。

土手の往還に左源太は足をとめ、目を凝らしている。

舟が橋の下から下流のほうへ流れてきた。だが、武士たちは声を上げているわけでもなく、粛々と行動している。近くに浮かんでいる舟からも、二艘の猪牙舟になにがあったか気づいていないようだ。どこからも大声は上がらない。

秋の日足は速い。もはや左源太からも見分けはつかない。

「うーむむむっ」

迷った。柏屋が気になるのだ。盆茣蓙があるとすれば、そろそろ壺に賽が舞いはじめる時分である。

「えぇい。闇に波音ばかりじゃ、だっちもねえぜ」

ひさびさに甲州なまりを吐き、来た道を返した。

左源太や星野輝八郎らのこの動きのなか、同心溜りに急いだ龍之助は、

（ふむ。やはり）

うなずいた。廊下の奥のほうがなにやら慌ただしい。

部屋に戻ると、

「あれ、鬼頭さん。お帰りじゃなかったので」

「いえ。ちょいと外の空気を」

「あはは。虫の知らせですかな。奥ではなにやら動きがあるような」

同僚の一人が話しかけ、さらにもう一人が言った。

龍之助を入れ、七人ほどの同心が部屋に残っている。

すぐだった。

「いまおいでの同心のかたがたへ、奥からのご下知にございます。この場を動かぬように、と」

小者が急ぎ来て畳に膝をつき、奉行の下知を伝えた。

「打ち込みか」

「わたくしは、ただ伝えよ、と」

同心の一人が訊いたのへ、小者は戸惑ったように応えた。

当然であろう。

雪隠《せっちん》に行っていた同心が戻ってきた。

「おい、おかしいぞ。正面門が閉じられたぞ」

「えっ」

不審そうな顔をする同僚もいたが、龍之助は即座に解した。奉行所から走り出る者がいるかもしれない。それを防ぐためだ。

同心溜りから小者が退散してすぐだった。廊下に慌ただしい足音とともに、さっき小者が閉めたばかりの襖がまた荒々しく開けられた。平野与力だ。

「打ち出すぞ。大規模な賭場が開かれる。深川だ」

「おー」

「やはり」

同心たちからも声が上がる。

平野与力は立ったままつづけた。同心らは端座の姿勢になった。

「打ち出す同心の数は四人、これに十人ずつの捕方がつく。与力は二騎にて俺が総差配を取る。あとの者は待機せよ」

「で、平野さま。誰々が」

「おっと、急なことでまだ決めていなかった。おう、そうじゃ」

同心の一人が言ったのへ、平野与力が前のほうに座っている同心から名を呼びはじめたのへ、

「平野さま。わたくしも是非に」

龍之助は手を上げた。空打ちになろうと御用の修羅場になろうと、深川の現場を是非とも自分の目で見ておきたかったのだ。

「ほう。おまえなら門前町は慣れておるのう。よし、鬼頭もだ」

「深川とは、富岡八幡宮でございますか」

平野与力の指名にまた別の同心が言い、

「ほー」

と、部屋に笑いが起こった。同僚たちは、鬼頭龍之助が神明宮と増上寺の門前町をうまく治めていることを、首をひねりながらもよく知っているのだ。

すぐに支度が始まった。

正面門の外では、八丁堀の組屋敷からあるじを迎えに来た中間や下男たちが、閉まっている門扉《もんぴ》に、

「どういうことかね、これは」

「おぉ、前にも一度あった。打ち込みじゃぞ」

心配そうに声を交わし合っている。

門扉が開いたのは、あたりが薄暗くなってからだった。大川では永代橋の下で水音が立ったころであろうか。

「おぉぉぉ」

門外にたむろしていた中間や下男たちから声が上がった。

前回のように着ながしに羽織をつけ雪駄で奉行所を出て、外濠の内側で市ケ谷御門に集結したのではなく、場所が川向うの深川では最初から打ち込み装束で町場を走ることになる。

与力は馬上に陣笠をかぶり、同心は着物を尻端折《しりはしより》に鎖帷子《くさりかたびら》を着込み、籠手《こて》に脛当《すねあて》、鎖の入った鉢巻に白木綿の襷《たすき》をかけ、足には草鞋《わらじ》をきつく結んでいる。刀は賊徒どもを殺さず生け捕るように、刃を引きつぶした刃引《はびき》を腰に差した。捕方たちは御用提灯に六尺棒を小脇に抱えている。

先頭の騎馬は平野与力で中間が轡を取り、捕方を率いた同心たちが一隊、また一隊とつづく。

茂市はそのなかに龍之助の姿を見つけたが、声をかけることなどできない。見る見る呉服橋御門を出て町場に駈け込んで行った。

街道に出た。すでに暗く、いつもの夕刻の慌ただしさの去ったあとだが、まだ人出はある。

「きゃーっ」

「おっ、なんだなんだ」

と、往来人は慌てて道を開け、家の中から飛び出して来る者もいる。大勢の捕方に往還には土ぼこりが舞う。

これから日本橋を過ぎ、さらに永代橋を走り渡り、富岡八幡宮門前町の柏屋に打ち込むのである。

半刻《はんとき》(およそ一時間)近くはかかろうか。一群はなおも走っている。それよりも早く捕方の動きを深川に知らせる術《すべ》はない。あるとすれば唯一、それこそ町なかを轡取りなしの早馬で駈け抜けるしかない。そんな目立つ無謀なことをすれば、かえって途中で取り押さえられるだろう。

(さあ、今宵はっ。弥五郎、万造、出ていまいなあっ)

走る荒い息遣いのなかに、龍之助は念じている。

「おっとっとぃっ」

橋に踏み入ろうとしていた数人のお店者が、慌てて身を引いた。橋板に馬の蹄《ひづめ》に同心や捕方たちの足音が響いた。日本橋だ。すでに弓張の御用提灯には火が入っている。それらがさらに永代橋に向かう。

四

「半方《はんかた》ないかー、半方ないかー、丁方《ちょうかた》ないかー。はい、丁半駒そろいやした」

「勝負、六《ろっ》・一《ぴん》の半」

「おーっ」

歓声とため息が入り混じる。

百目蠟燭の四隅に灯された部屋では、すでに丁半は始まっていた。

「おぉっ。ほんとうにやってやがるぜ」

小さくうめくように独り言《ひとりご》ちたのは、さっき柏屋の裏手を一巡してきた左源太だ。離れの家屋は裏の路地からも離れており、声は洩れにくい。だが左源太の嗅覚は容易に嗅ぎ取る。人の出入りも確認している。

表通りに出た。増上寺門前や神明町と似ている。大通りは参詣客が消え暗いばかりの空洞となっているが、軒提灯の点々と連なる枝道には、さんざめきのなかに脂粉と酒の香がただよっている。

「龍兄《たつあに》イたちゃあどうしたい、来ねえのかい」

暗い空洞にたたずみ、また独《ひと》り言《ご》ち、

（あ、そうか。柏屋の離れが賑わってやがるってことは、奉行所にご注進が入らなかったってえことかい）

一人合点したときだった。

「おっ」

気配を感じた。

同時だった。

暗い空洞に点々と御用提灯の灯りが浮かぶなりその数が増え、大勢の足音に馬の蹄まで、

「うほーっ。来やがった、来やがった、来やがったい」

左源太は飛び上がった。

筋向かいの茶屋に陣取っている星相輝八郎の配下の者たちも確認し、あるいはおもてへ飛び出したかもしれない。これから野次馬があちらの飲み屋こちらの女郎屋から飛び出し、

『なんだ、なんだ』

『どこへ打ち込みだあ』

叫びとともに野次馬となり一群のあとにつづくだろう。

「うひょーっ、兄イッ」

と、左源太は御用提灯の灯りのなかに、打ち込み装束の龍之助を見た。駈けている。

声をかける間もなく一群はわらわらと走り去る。

(間合い、最高だぜ)

左源太も駈け、野次馬の一人となった。すぐ近くにも野次馬を感じたのは、星相輝八郎の配下たちか。

物見《ものみ》に出ていた者は他にもいた。

「おやぶーん！」

万造の住処《すみか》に遊び人風の若い男が駈け込んだ。

「ふむ、来なさったか。てめえら、関わるんじゃねえぞ。物見はつづけろ！」

万造は下知を飛ばし、箱火鉢を前に胡坐を組み、おもだった手下《てか》の者もその部屋に集めている。

(鬼頭さま。恩に着やすぜ)

胸中に念じ、配下の一同を見まわした。

「それ」

馬上から平野与力は朱房の十手を高く上げ、采配を揮《ふる》った。表玄関からの二隊は平野が差配し、離れのある裏手に走った二隊はもう一人の与力が束ねた。龍之助は裏手組にまわった。みずから志願したのだ。

「て、て、手入れにございますーっ」

表玄関の内側から番頭が叫びながら離れへの廊下を走ったのと、

「打ち込めーっ」

平野与力が十手を振り下ろしたのがほぼ同時だった。

さらに裏手にまわった与力の差配も、平野に呼吸を合わせていた。

「おーっ」

捕方たちは一斉に声を上げ、裏の板戸を蹴破った龍之助につづき、

「御用だっ、御用！」

打ち込みと同時に捕方たちは手応えを感じた。市ケ谷では空打ちの煮え湯を飲まされているのだ。六尺棒と御用提灯の捕方たちも、与力、同心ともどもにいきり立っている。

「なにぃ、手入れ⁉」

「に、逃げろ！」

盆茣蓙の者どもは一斉に立ち上がり、駒に小判に一分金や二朱銀が舞い、隅の百目蠟燭を倒す者、つまずく者もいた。

瞬時、部屋は暗闇となった。

だが、その闇にも逃げ場はなかった。

すぐさま襖が蹴り破られ、

「うあっ」

「な、なぜだっ」

混乱する胴元や客たちの姿を幾張《いくばり》もの御用提灯が照らし出したのだ。

龍之助はまっさきに飛び込んだ。

「ぐえっ」

「うぐぐっ」

うめきとも悲鳴ともつかぬ声が上がる。刃引の刀を右に左に揮い、ことごとく手応えがあった。いずれもが骨にまで響く強打を受け、崩れ落ちた者に捕方が覆いかぶさり、つぎつぎと縄をかけていった。

裏手から踏み込まれたことを覚った客らには、表玄関のほうへ逃げようとする者もいた。だがそれらも、

「わーっ」

「もうだめだっ」

立ちすくむ以外になかった。すでに表組が離れへの廊下へ走り込んでいたのだ。裏庭から廊下まで御用提灯に照らされ、逃げようとすれば刃引の刀の強打を受け、六尺棒の連打を受けるばかりであった。

隣の部屋に用心棒が二人ほどいた。

「旦那あーっ」

と、その背後へ逃げ込もうとする者もいる。

浪人二人は抜刀し、飛び込んできた龍之助に立ち向かった。だが打ち込みの勢いには敵《かな》わない。

――グキッ
鈍い音とともにその場に刀を落とし、たちまちに、

「うわわわっ」

捕方たちの六尺棒の連打や突きを受け、うずくまるように崩れ落ちた。手首の骨を

砕かれたようだ。

もう一人が大上段に振り上げた刀を、

「くそーっ」

龍之助に振り下ろそうとした。

だが龍之助が刃引の刀を打ち下ろすほうが速かった。

またもや、

――グキッ
肩の骨を砕いたようだ。

「ううううっ」

浪人は振り上げた手から刀を落とし、

「うぐっ、ぐえっ」

数本の六尺棒の突きを受け、その場に崩れ落ちた。

時間にすれば、ほんの瞬間的なものであった。

平野与力は馬上で鬼頭龍之助ら同心たちの報告を受け、第二段階の下知を下した。

臨時の屯所《とんしょ》を柏屋に置き、龍之助の隊にその監視を任せ、他の三隊は町内に散開させた。

なにしろ夜の帳《とばり》が降りたなかでの捕物だ。現場を逃れた者もいよう。町内に散開したのは、それらの探索である。御用提灯と六尺棒が盛り場の枝道から路地へと駈けめぐり、同心は叫んだ。

「逃げた者あらば自訴《じそ》せよ。かくまいたる者には同罪と看做《みな》し、後日かならずや厳重なる沙汰あるべし」

声は御用提灯と六尺棒とともに、富岡八幡宮門前の町々にながれた。ついさっきまでの歓楽の町は、酌婦も酔客も凍てついた。

このようすを水野屋敷に知らせるべく、向かいの茶店から星相の配下が走り出たことだろう。

万造もその声を聞いていた。恐怖に身を震わせるとともに、

(鬼頭さま。ただただ感謝に堪えませぬぞ)

胸中に手を合わせた。柏屋の賭場には、八幡宮の門前町を棲み分けている貸元衆や代貸たちも招かれ、出ているのだ。このご時世である。ただの賭博の罪だけでは済むまい。

寺社の門前町に、かくも町方が派手に打ち込み、探索の手を入れるのは稀有《けう》なことだ。

北町奉行の曲淵甲斐守影漸《まがりぶちかいのかみかげゆき》は、星梅鉢の使者を受けるなり寺社方に急使を立て、打ち込みのあることを事前通知した。返事などどうでもよい。松平定信からの下知で、奉行所は動いているのだ。誰も横槍を入れることはできない。

しかも北町奉行所も南町奉行所も、これまで幾度も空打ちの煮え湯を呑まされている。手応えがあったとなれば、過去の意趣返《いしゅがえ》しもあろう。現場から打ち込み成就を知らせる急使が奉行所に駈け戻ると、曲淵影漸は松平屋敷に報告の使者を走らせるなり、さらに三隊の捕方を深川に発《た》たせた。

「よし。それでよし」

報告を受けた定信は屋敷の奥の部屋で、大きくうなずきを見せていた。

その場で奉行所からの急使に下知を託《たく》した。

――残党の探索にも容赦なかるべし

それは即座に曲淵影漸を通して現場の平野準一郎に伝えられた。

屯所となった柏屋で、龍之助は捕えた者どもの詮議にあたっていた。浪人二人は、やはり手首と肩の骨を砕いていた。知りたいのは用心棒の出自《しゅつじ》などではない。客層と胴元は誰かである。

その場で捉えた者は三十五人、逃走して町なかで捕えた者も十人近くいた。そのなかには馴染みの料亭に逃げ込み、客の通報で御用になったお店《たな》のあるじもいた。連座するかもしれない女将は真っ青になっていた。それほどに、同心たちの大声での触れは町に驚愕をもたらしていたのだ。

詮議を進めながら、門前町のありようを知る龍之助は、

（これはえらいことになるぞ）

打ち込みのときに勝《まさ》る緊張を覚えた。

さらに、

（こやつら）

特に目串を刺した者が三人いた。

一人ずつ別間に引いて詮議したが、なかなか出自も名も名乗らない。十手で打ち、縄付きのまま蹴り、

「喋らずば牢問《ろうとい》にかける以外にないかのう」

と、また打ち据えた。

江戸者でないことが、雰囲気から分かるのだ。

しかも、反抗する言葉が奥州なまりだった。

打ち込んだとき、そのなかの一人がわめいていた。

「——へん。わしらよう、すぐ解き放ちになるでや」

その言葉に、龍之助は目串を刺したのだ。

平野与力も詮議に加わり、ようやく、

「奥州無宿」

とだけは吐かせた。そのなかの一人が言った。

「こんなご時世よう、いつまでもつづくか。そのための用意をしてるんだぜ」

平野与力と龍之助は顔を見合わせ、この三人を他から隔離した。

三人の名が、京助《きょうすけ》に元太《げんた》、孝吉《こうきち》ということが、他の者らの詮議から判明した。いずれも若く、ふてぶてしい面《つら》に体軀はよかった。それに、この三人が町々で賭場の立つことを触れ歩いていたことも分かった。

(百姓上がりの、裏街道にそれた与太どもか)

龍之助は踏み、

(こいつら、あしたにでも俺が叩いて背後を吐かせてやるぞ)

なかばわくわくする思いにもなった。

一息入れたところへ、

「鬼頭さま。玄関にみょうな男が」

捕方の一人が伝えに来た。

名を訊くと左源太だった。

すぐに中へ入れた。

「へへ。兄イ、いや、旦那。早くお耳に入れたほうがいいと思いやしてね」

口調はくだけていてもようすの真剣さから、なにやら重大なことと龍之助は覚り、誰もいない行灯一張の別間に移った。

「実はさっき……」

と、舟寄場の一件を左源太は低声《こごえ》で話した。

「ふうむ。あの日の中間をなあ。それが永代橋の下で水音か。うーむ」

しばし龍之助は思案顔になった。今宵の打ち込みの成果は、星相輝八郎が手繰《たぐ》り寄せてくれたように思われてきたのだ。

「よし、左源太。おめえはこれから神明町に帰り、あしたは夜明け前から茶店の紅亭に入っておれ。星相どのから、なんらかのつなぎがあるはずだ。ありしだい俺に知らせろ」

「へい。で、兄イはあしたの朝、どこに」

「分からん。ともかく俺に知らせるのだ」

「難しい仕事でやすが、そうしまさあ」

左源太が帰ったあと、町なかに繰り出していた隊が一群また一群と帰ってきた。新たに七、八人の不審者を引いていた。

すでに夜四ツ（およそ午後十時）を過ぎているというのに、柏屋の前に集まった野次馬たちは帰ろうとしない。なかには心配げな、蒼ざめた表情で御用提灯に照らされた柏屋の玄関を凝《じ》っと見つめている者もいる。それが一人や二人ではない。お店者《たなもの》風の男もおれば、商家のご新造《しんぞ》風の女も、それに遊び人風の男たちもいる。捕縛された面々の、つながりの者たちであろう。

平野与力は差配した。

奥州なまりの三人と壺振りに手負いの浪人、それにこの門前町の貸元衆や代貸たちは縄付きで茅場町《かやばちょう》の大番屋に引き、堅気の客衆はこれも縄付きのまま屯所となった柏屋に留め置いた。この分別には、龍之助の作成した類別帳が大いにものを言った。的確に類別していたのだ。

龍之助は護送隊の差配に振り分けられ、三隊ほどを同心とともども平野与力は深川に留《とど》めた。龍之助に進言されるまでもなく、無頼の一時期を持つ平野与力は、龍之助とおなじ懸念を抱いていた。

捕縛した者のなかには、富岡八幡宮の門前町を棲み分けている貸元衆や代貸たちが含まれている。それらが抜ければ、あとはどうなるか。跡目争いばかりか、弱まった縄張の分捕り合戦まで始まれば、それは幾月にもわたるだろう。捕方の一群を率いた同心が幾人も常駐しなければならない。その役務は、深川辺を定廻りの範囲にしている同心たちがあてられた。

さらにこうした場合、町々の自身番に留め置く者たちを預けるのだが、龍之助の作成した類別帳を見ると、町々の大店《おおだな》の旦那衆もかなりいる。自身番を運営する町役たちだ。貸元が料亭のあるじで、町役になっている者もいる。それらを縄付きのまま地元の自身番に預けるわけにはいかない。しばらくは町衆のあいだでも、これまで例のない混乱がつづくだろう。

それに貸元や代貸たちは、大松の弥五郎にも話があったように、遠く離れた町からも来ている。それらも消えることになる。混乱は富岡八幡宮の門前町だけではないのだ。

寺社門前への打ち込みは、それほどに重大な出来事だった。敢えて決行できたのは、松平定信の秘かな下知があったからである。

茅場町に向かった一群が大番屋に着いたのは、すでに九ツの午《うま》の刻（午前零時）をまわった時分になっていた。

大番屋には小伝馬町の牢屋敷ほどではないが、牢も牢問の諸道具もそろっている。

だがその夜は、詮議はなかった。

「あしたの朝から」

平野与力は言っていた。

五

仲間の同心たちと交代で仮眠をとり、龍之助が目を覚ましたのは日の出前で、ようやく東の空が白みはじめたころだった。

迷った。日の出と同時にきのう出役《しゅつやく》した同心たちの多くは従来の役務に戻り、富岡八幡宮の門前に張り付き、捕えた者どもの詮議も、深川辺を定廻りの範囲にしている同心たちの役務となる。だがきょうあすなら、望めば昨夜のつづきで吟味に加わることはできる。京助、元太、孝吉というふてぶてしい三人の背後を、

(自分の手で)

だが、

（水野家の星相どのから、かならずつなぎはある）

左源太の話から、

（そのほうにこそ、一連の大規模賭博開帳の裏を暴く鍵がある）

龍之助は踏んでいる。

起きている同輩に、

「まだ早いが、俺の定廻りのほうに飛び火しないか心配だ。逃げ延びた者が入り込んでいないか、ちょいと微行してくる」

「ほう。鬼頭さんは増上寺や神明宮を抱《かか》えているからなあ。富岡八幡宮とつながりがあってもおかしくないや」

「昨夜の鬼頭さんの打ち込み、すごかったからねえ。あとの吟味がやりやすいよ」

龍之助が言ったのへ、同輩たちは返していた。

つながっているどころか、〝鍵〟が落ちているかもしれないのだ。

外はようやく家々の輪郭が見え、人の影も確認できるようになっていたが、まだ朝の納豆売りや豆腐屋などの声も姿も見られない。

だが、八丁堀に入ればようすが異なった。

さすがは奉行所の役人たちの居住区か、各屋敷の多くで昨夜はあるじが帰ってこなかった。いつ疲れて戻ってくるかしれない。深夜に冠木門の門扉は閉じたろうが、下男たちはすでに起きて門扉を開け、庭を掃除している者もいる。

「これは、鬼頭さま」

いましがた開けたか、竹箒《たけぼうき》を持った顔見知りの下男が往還に出て来た。

「そのお形《なり》で、いまお帰りかや。うちの旦那さまは？」

「おう。茅場町だが、昼には戻って来られようかな。俺は別の用があってなあ」

「へえ。ご苦労さまでございます」

顔見知りの下男はまだ薄暗いなか、門の前の掃除を始めた。

鬼頭屋敷の門も開いていた。

入るなり庭の掃き掃除をしていた茂市が、

「あんれ、旦那さま。そのお格好で」

箒の手をとめ、

「ウメー。旦那さまのお帰りじゃー」

玄関に声を投げ入れた。

ふたたび龍之助が外へ出てきたのはすぐだった。すっかり明るくなっているが日の出はまだだ。冠木門まで茂市とおウメが出てきて見送った。部屋では出役装束を解き、

朝餉は簡単なお茶漬けですませ、

「まっこと、お忙しいことで」

と、二人が見送ったのはいつもの着ながし御免に黒羽織の八丁堀姿だった。

街道に出たとき、ようやく魚屋の棒手振《ぼてふり》と出会った。

「おう。早くから精が出るのう」

「へえ。旦那も、ご苦労さまでございます」

声をかけ合うのも、町方ならではのことだ。

街道には、夜明け前に出立《しゅったつ》したか南へ向かう旅姿や見送り人らの一群も、ちらほらと見られる。

龍之助はからまる着ながしの裾を手でつまみ上げ、急いだ。

京橋にさしかかったころ、ようやく背に陽光を感じ、往還にくっきりと長い影が落ちた。日の出だ。橋を大八車が通った。けたたましい車輪の音だ。江戸の朝が始まったのが実感できる。日の出が合図かのように、街道には人が出はじめる。いくらか煙いのは湯屋の煙突と長屋の路地で一斉に七厘をあおぎ始めたからだ。毎日のことだが、小半刻《こはんとき》（およそ三十分）もすれば大八車に荷馬、棒手振に道を掃く商家の小僧たちと、朝の息吹を感じることになるだろう。

新橋を渡ったころには、橋板は下駄までまじり騒音を上げていた。

茶店・紅亭の幟が見えた。

すでに往還に縁台を出している。

「おっ」

お客と思ったのが左源太と、もう一人は中間姿だった。

とっさに解し、急いだ。黒羽織の同心が着物の裾をからげて走ったりすれば、それだけで事件となり近隣住民に不安を与える。

(水野家の)

「おーい、左源太」

龍之助は手を上げ、わずかに小走りとなった。

「えっ」

と、それだけでふり返る往来人もいる。

「旦那ア。ちょうどよござんした」

左源太も伸びをするように手をふり、

「へへ、旦那。おいでなさいやしたか。さあ、中間さん。こちらが兄、いや、北町奉行所の鬼頭さまだ」

縁台まで低い土ぼこりを立てて来た龍之助を、引き合わせるように左源太は言い、中間は威儀を正し、

「これはよございました。手前ども屋敷の横目付・星相輝八郎より、北町奉行所の鬼頭龍之助さまに、火急の言付けがありまする」

「そうなんでさあ。言われたとおりここに出ておりやすと、この中間さんがおいでなすって。用件は口頭でやして。それがまた要領を得なくって。そこへ旦那が来たって寸法で」

「ほう。口頭とな」

龍之助はますます星相輝八郎の用件が重要なことと確信し、

「中へ」

中間と左源太の背を暖簾の中へ押した。

陽が昇ったばかりだが、すでに街道には人が出ており、参詣人も神明町の通りに入っている。

中に客はいなかった。住み込んでいる爺さんと通いの茶汲み女が一人だけだ。

「うむ」

暖簾の中で立ったまま、

「さあ、申せ」

「はい。さきほども左源太さんに話したのですが、これからすぐ金杉橋に参られよ、と。そこに見たものを、幸橋御門内に伝えてやれ、と。それだけでございます」

「金杉橋になにか引っかかっているのか」

「存じませぬ。私はただ、街道の紅亭に走って薄板削りの左源太さんにつなぎをとってもらい、そう告げよ、と……」

「でやしょう。あっしも訊きやしたが、この中間さん、知らねえの一点張りで。それだけでこれから八丁堀に走れるかって思っていたところなんでさあ」

「ふむ」

龍之助はうなずき、

「左源太、分からんか。行くぞ！」

「へ、へい」

暖簾を飛び出した龍之助に、

「あっ」

左源太は声を上げ、急いでつづいた。

（きのうのあの中間が、橋脚に引っかかっている）

ようやく左源太も勘づいたようだ。

「告げましたよーっ」

二人は中間の声を背に聞いた。

中間が帰るのも、おなじ金杉橋の方向である。帰ってから、

『左源太さんは紅亭にいて、おりよく鬼頭さまなる同心がお越しになり……』

『えっ』

二つが重なるなど、故意以外にはあり得ない。星相輝八郎は驚き、

（鬼頭どの、予測しておられたか。なんと鋭敏な同心）

思うことだろう。

まさしく見通していたのだ。

だが、これほど思い切った動きを星相輝八郎が見せるとは、予想外というよりも仰天すべきことだった。

「兄イ！　待っておくんなせえ」

近くの川に土左衛門とくれば、走ってもよい。着物の裾を尻端折に急ぐ龍之助を左源太は追った。神明町から新堀川の金杉橋まで四丁半（およそ五百米）、一走りの距離だ。やはり同心が走れば往来人は慌てて道を開け、まだ朝というのに、

「えっ、殺し！」

「盗賊かい！」

と、勝手に想像し、あとについて走る者もいる。

かつて金杉橋から流人船《るにんぶね》が出ていたこともあり、橋の北詰のたもとはちょっとした広場になっており、そこから川原に降りる石段があって、夏には夕涼みの者が出て冷水売りや屋台の蕎麦《そば》屋まで出る。

その広場に人が出ている。橋の欄干から川面をのぞき込んでいる者もいる。まだ朝のせいか多くはないが、すでに野次馬が出ているようだ。

「あ、よかった。鬼頭さまだ」

声がかかった。近所のお店《たな》のご新造《しんぞ》だ。

「あっ、お役人さんがおいでだ」

「早く、早く。水死体ですぅ」

まわりからも声が上がる。

やはりそうだった。

ならば、〝あの中間〟以外は考えられない。

「おぉう、どこだ」

「こっち、こっち」

野次馬たちは石段への道を開けた。

駈け下りた。

「へい。ご免なすって」

と左源太もつづいた。

川原に降りるなり、

「あ、鬼頭さま。いま町内の若い者を走らせようと思っていたところです」

金杉橋の手前は浜松町四丁目である。そこの町役が来ていた。街道に面した乾物問屋の亭主だ。早口に言い、

「ここです」

指をさしたのは橋の真下だった。

紺看板に梵天帯の中間姿だ。背に刀傷がある。一目で殺しと分かる。足だけが水に浸かっており、自力で這い上がろうとして息絶えたように死体は横たわっている。

「動かしちゃいめえなあ」

「はい。豆腐屋が見つけて自身番に駈け込み、すぐに私が駈けつけ見張っておりましたから、触れた者はおりません」

「よし。おい、左源太」

「へい」

二人は腰を落とし、背の刀傷を確かめてから、うつ伏せだった死体を仰向《あおむ》けに転がした。

「どうだ、左源太」

「へい」

龍之助にうながされ、左源太は死相に見入った。

「うーん。人って生きているときと死んだときじゃ、感じが違ってきやすが、間違《まちげ》えねえ。こいつでさあ。背格好もちょうどこのくらいでやした」

「ふむ。そうか」

龍之助はうなずいた。

脳裡に、中間の死体がここに至る過程が浮かんできた。想像ではなく、それは確信だった。

きのう日暮れどき、

——ジャボン
永代橋の下に水音が立ち、左源太がその後の確認をあきらめ、柏屋のほうへ向かってからの動きである。

二艘の猪牙舟で中間を水面から引き揚げた。

すでに死んでいた。

松平定信を揺さぶることができる生き証人を、死なせてしまった。

だが、星相はあきらめなかった。

あたりはすでに暗い。死体を猪牙舟で運んだ。水野屋敷のすぐ前を流れている、新堀川へ……。それも金杉橋の下へ、流されないように捨てた。溺死ではなく、一目で斬殺と分かるようにうつ伏せにである。

夜明けを待ち、中間を神明町に走らせた。町方の龍之助から、松平屋敷へ話しを持って行かせるためだ。死体を松平屋敷がどう扱ったか、後日龍之助から聞くことができるだろう。

松平屋敷は狼狽するはずだ。場所が金杉橋となれば、すぐ上流は水野屋敷だ。誰が殺害したか、松平屋敷には分かるだろう。現に松平屋敷は、磯崎六蔵を新橋の掘割近くで殺害したのは、水野家の者と看做《みな》しているのだ。

昨夜かそれとも現在《いま》であろうか、水野屋敷では、

『殿、これでわが藩が松平家の裏の顔を知っていると、暗に知らしめることはできま

しょう』

星相輝八郎は、主君の水野忠友に報告していようか。

『ふふふ』

松平家の中間の死相を見ながら、龍之助には星相の不敵な嗤《わら》い声が聞こえるような気がした。水野家が松平家の弱味を握れば、執念深い定信といえど、水野忠友にそう簡単に手は出せなくなるだろう。

（ふふふ）

龍之助の心中にも嗤いが沸いてきた。

（星相さん、乗ってあげますぜ。あんたの策にさあ）

心中につぶやいた。

しかし、分からない。

星相たちが松平屋敷から深川の柏屋へ駈け込もうとした中間を阻止したから、松平定信の下知による打ち込みが成就したのではないか。もし中間が柏屋へ駈け込んでいたなら、

（俺たちはまた、空打ちを打たせられていたかもしれない）

中間の刀傷と死に顔に、混乱も覚えてくる。

「あのう、鬼頭さま。ご存じの中間さんで？」

町役が心配そうに背後から声をかけた。

「なにも訊きなさんな」

「えっ」

「見なされ、このホトケは武家の奉公人だ」

「はい」

町役の顔に安堵の色が走った。

龍之助はつづけた。

「ここは町場だが、事案は武家に関わることだ。お城の目付に任せましょう」

「はい。はい、はい」

「ここから一番近い御門は幸橋御門だ。そこへ運んで門番に掛け合いましょう。すまぬが町役さん、町で大八車と若い衆を二、三人出してくだされ」

「はいっ。ただいますぐに」

町役は顔面に笑みをほとばしらせ、

「大八、大八。それに若い者《の》も」

言いながら野次馬を押しのけ、石段を駈け上った。

行き倒れなどがあれば、町の者が近くの自身番に運び、身元が分からなければ、無縁仏などの措置はすべて町の費消となる。まして斬殺体など、奉行所から役人が出張ってきて自身番が探索の詰所となる。それらの飲み食いまですべて町が負わなければならない。町にすれば莫大な損害となる。死体の第一報とともに、その金額が町役たちの脳裡をかすめたことであろう。

だが龍之助の一言で、それらのすべてを免れたのだ。

すぐだった。町内で調達された大八車に若い男《の》が二人、町役たちに肩をつかまれて来た。龍之助も顔を見知っている商家のせがれたちだ。

「おう、おめえらか。さあ、これを大八へ」

「は、はい」

死体に莚《むしろ》がかけられ、左源太が大八車の軛《くびき》に入り、

「さあ、あんたら。押してくだせえ」

「は、はい」

自身番から出て来た三、四人の町役も加わり、

「ご苦労さまにございます」

ふかぶかと龍之助に頭を下げた。

十手を手に悠然と歩く龍之助を先頭に、大八車は動いた。死体運びの人足になった若い者二人と大八車を提供した家には、あとで自身番からいくらかのおひねりが出ることだろう。

集まった野次馬のなかに、凝《じ》っと成り行きを見守っている武士が二人いることに、龍之助は気づいていた。左源太も気づけば、

『あ、あれはきのうの』

言うだろう。二人は星相輝八郎の配下で、猪牙舟に乗っていた武士たちだった。成り行きを確認するため、野次馬のなかに紛れ込んでいるのだ。

死体を載せた大八車の一行は、すでに往来人や荷馬の多く出ている街道に出た。

龍之助には、昨夜の柏屋への打ち込みよりも、これからの松平屋敷との掛け合いのほうが、本舞台のように思えてきた。

三　松平屋敷

一

筵《むしろ》をかぶせているから、往来の者はそれが死体だとは気づかない。他の荷運びと異なるところは、先頭を着ながし御免の八丁堀が歩いていることくらいか。

来た道を引き返している。

茶店・紅亭の前も通る。

縁台には三人ほど、参詣客らしいご新造風がお喋りをしながら茶をすすっている。

「あれえ、旦那。左源太さんも、なんなんですか。大八なんか牽《ひ》いて」

「休んでいきませんか。お茶、すぐ用意しますから」

日の出のころ、一人だった茶汲み女が三人になっている。

金杉橋の噂は、まだこのあたりにまではながれてきていないようだ。

「へへん。休んでいってもいいが、荷を見たらびっくりするぜ」

「うおっほん」

「へえ」

左源太が軛《くびき》の中から返したのへ、龍之助は前を向いたまま咳払いをした。

「ええ？　なにかお宝でも積んでいるの？　左源の桃太郎さん」

首をすくめて通り過ぎる左源太の背へ、もう一人の茶汲み女が声を投げ、

「帰りにまた寄らあ」

「うおっほん」

左源太がふり返ったのへ、龍之助はまた咳払いをし、

（うふふふ）

内心に笑みを浮かべた。

中間の死体は、まさしく松平屋敷という〝鬼ケ島〟から得たお宝だ。加勢充次郎がこの死体を見てどのような反応を見せ、いかなる動きをするか……龍之助にはわくわくするものが感じられる。

一行はあと、車輪の音を立てながら黙々と進んだ。

甲州屋のある宇田川町のあたりで街道をそれ、町場を過ぎて愛宕山下の大名小路に入った。広くて人通りがなく、車輪の音ばかりが響く。

前方に外濠《そとぼり》の幸橋《さいわいばし》御門が見える。入れば松平屋敷はすぐそこだ。

龍之助はふり返った。

「おめえら、余計な口をきくんじゃねえぞ」

「へえ」

うしろから押す浜松町の若い二人が返した。積荷が仏一体とあっては、途中に急な坂道もなく押すほどのことでもないが、空《から》の大八車を牽いて帰るためについて来ているのだ。

いずれの屋敷か風呂敷包みを小脇にした中間が、町方が先触れのように立つ大八車を不思議そうに見つめながらすれ違ったが、ふり返ることはなかった。奇妙に感じても、不審には思わなかったのだろう。

車輪の音がひときわ大きくなった。幸橋御門の橋に入ったのだ。

お城の門番は、無関心な中間のようにはいかなかった。日の出から日の入りまで、一見して不審な者か浪人と見分けられる者以外は往来勝手だが、大八車を随えた町方が雪駄の音を立てて近づくのを、六尺棒を小脇に門番詰所から出てきた数名が、待ちかまえるように見つめている。

近づいた。

「組頭《くみがしら》はおいでか」

「何用でござろう」

誰何《すいか》されるよりも龍之助のほうから声をかけたのへ、六尺棒たちの背後から二本差しの武士が出てきた。

龍之助が大八車に近寄り、

「これをご覧あれ。いずれの屋敷の奉公人か、ころがっていたのは町場だが、武家の者ゆえここへ運びもうした」

「うっ」

莚をめくったのへ、門番の組頭は一歩引いた。

左源太と浜松町の二人は、大八車の荷台を水平に保っている。

六尺棒は七、八人いようか、

「中間だぜ、いずれの」

大八車を囲んだ。

石垣に囲まれた御門をときおり行き来する武士やお供の中間たちは、

(荷検《にあらた》めか)

といった顔つきで通り過ぎて行く。

荷を番卒が検めるのは珍しいことではない。

「おっ。これは確か、そこの松平さまの中間では」

「そういえば、けさは開門から松平さまご家中の出入りが多いようだが」

「これを找《さが》しておいでだったのか」

中間の死相を見ながら、番卒たちは口々に話しはじめた。

「うおっほん」

一歩引いた組頭が咳払いをした。

(めったなことを言うな)

番卒たちへの注意だ。組頭が一歩引いたのは、積荷が思いもよらぬものだったこともあるが、

(関わりたくない)

気持ちもあったのだろう。

「松平さまにすぐ連絡せよ」

「はっ」

番卒の一人に言うと、町方の龍之助に、

「ささ、大八はそこの脇へ」

詰所の横手を手で示し、

「確かに武家の奉公人じゃ。いま心当たりの屋敷へ人を遣《や》ったゆえ、詳しくはその屋敷の用人に話しなされ。わしらは荷の受け渡しを見とどけるのみ」

「心得もうした」

六尺棒が一人すでに松平屋敷のほうへ走り、左源太は大八車を詰所の横へ牽いた。

浜松町の若者二人は、無言のまま大八車につづいた。

龍之助も左源太らと一緒に、詰所の陰にたたずむかたちになった。

(思ったより迅速に進みそうだ)

思えてくる。

場合によっては死体を荷台の上でひっくり返し、背の刀傷を見せて、

『松平さまの屋敷へ連絡を』

と、自分のほうから切り出すつもりだったのだ。

「兄イ。門番たちゃあ、よく中間の面《つら》を知っていたもんでやすねえ」

「そりゃあ現在《いま》をときめく老中さまのお屋敷がすぐそこだ。門番たちにすりゃあ中間

や腰元の顔まで覚え、粗相《そそう》のないようにしなきゃならねえからなあ」

左源太が声を殺して言ったのへ、龍之助も忍ぶように応えた。その門番たちの配慮が、事態を思ったよりも早く進めている。

「あのう、わたしら、まだでしょうか」

浜松町の一人が言い、もう一人もそわそわしている。外濠といえどお城の橋を渡るのはこれが初めてで心細く、それになによりも死体から早く離れたがっている。気味が悪いというよりも、屋敷の者になにやかやと訊かれ、関わりを持つのを恐れているようだ。

「あはは、見ていろ。このホトケの屋敷から引き取りの者がすっ飛んでくるぞ。おまえたちの役目はそのあと、空の大八を牽いて帰るだけだ」

「へえ」

「どうも」

浜松町の二人が半信半疑の面持《おもも》ちで返事をしたときだ。

「へへん、兄イ。来やがったぜ」

左源太の声に大八車の音が重なった。用意がいい。龍之助の言ったとおり、松平屋敷の速い反応だ。

——中間の死体

聞いただけで、松平屋敷ではすぐにそれがどの中間か判る者がいたのだろう。しかも引き取りのための大八車まで牽いてきている。

それに、

「おぉ、町方とは貴殿でござったか。これはよかった」

と、先頭で急ぎながら手を上げたのは倉石俊造《くらいししゅんぞう》だった。足軽組頭《くみがしら》で、大番頭《おおばんがしら》の加勢充次郎の忠実な配下だ。加勢を通じてこれまで〝田沼意次の隠し子〟探索で、幾度か一緒になったことがある。倉石は足軽を三人ほど差配していた。いずれも二本差しだが膝までの腰切の着物で、足には脚絆《きゃはん》を巻き、木綿の長羽織をつけているから、一見それと分かる。組頭の倉石だけが袴姿だ。

袴の武士がもう一人いた。倉石と競うように急ぎ、詰所に着くなり莚をめくり死体の顔をのぞき込んだ。

「いかがか」

「間違いない」

倉石が訊いたのへ、袴の武士は腹から絞り出すような声で応えた。

(関わりのある者)

とっさに龍之助は感じ取った。

倉石よりもその者のほうが、

「大八を番所の裏手にまわし、積み変えよ」

足軽たちに命じ、龍之助に、

「貴殿が見つけられたか。で、どこで、どのような状態であった」

「ご貴殿の名は」

問いかけてくるのへ、龍之助は眉間《みけん》に皺《しわ》を寄せ問い返した。

詰所の横では前を往来する者から積荷が見えてしまう。だが、名乗らずに同心へ問いを入れるなど、かなり慌てている。そこに龍之助は興味を持った。

「ううっ」

「いや。これはわが屋敷の奉公人で、このお方は当藩の横目付で、武藤三九郎《むとうさんくろう》と申される」

名を訊かれ一瞬戸惑った武藤三九郎に代わって倉石俊造が応えたのへ、

「役職名まで言わずとも」

つぶやくほどの低声《こごえ》で、横目付の武藤三九郎は足軽組頭への不快感を示した。

龍之助は武藤への興味をさらに強めた。中間を随えた武士に斬られ、掘割に流されて新橋の橋脚に引っかかっていた大柄な磯崎六蔵も、横目付だった。いま死体となっているこの中間は、水野家の星相輝八郎が慥《しか》と覚えていたその夜の中間だ。

（もしや、こやつではないか。磯崎六蔵を斬ったのは）

龍之助の脳裡に走る。

「鬼頭どの。それがしからも訊きもうす。この中間……」

倉石が武藤とおなじ問いを入れたのへ、

「それがし北町奉行所同心にて……」

龍之助は武藤に向かって名乗り、

「街道の金杉橋の下にて……」

話し、溺死とも斬殺とも言わなかった。

「うっ」

「えっ」

金杉橋と聞いたとき、倉石俊造と武藤三九郎はほぼ同時に低い声を上げた。さすがは松平家の家臣で、すぐ上流が沼津藩水野家三万石の上屋敷であることが脳裡に走ったのだろう。

「組頭、積み変えましてございます」

門番詰所の裏手から声が投げられた。

死体はそのまま移したか仰向けに積んであって、背中の刀傷に気づかなかったか、驚きの声は上がらなかった。気づけばすぐ組頭の倉石を呼んだはずだ。左源太たちも龍之助に言われたとおり、終始無言をとおしている。

「よし。すぐ屋敷へ運べ」

倉石よりも武藤のほうが命じた。

足軽たちの牽く大八車が裏手から出てきた。

「これより町方は無関係と心得られよ」

「承知」

さらに武藤が言ったのへ龍之助は返し、倉石を呼びとめ、

「背に刀傷が」

「えっ」

そっと言ったのへ倉石は驚きの表情になり、

「このこと、町場の者は？」

「うつ伏せに斃《たお》れていたゆえ」

「ふむ」

うなずき、

「待たれよ」

武藤の先導で松平屋敷へ向かう大八車を追った。

龍之助は大きな声で、

「左源太。俺たちは宇田川町でちょいと一休みだ」

「へいっ、甲州屋ですね」

左源太も大きな声だった。大八車を追った倉石がふり返り、うなずきを見せた。聞こえるように言ったのだ。

「さあ。おまえたちはもう帰っていいぞ。ご苦労だった」

「は、はい」

浜松町の二人は籠《かご》から放たれた鳥のように、空になった大八車に大きな音を立て、さらに幸橋御門の橋板に車輪を響かせて行った。町へ帰れば、さっそく町役たちと大八車に塩をふりかけることであろう。

「門番どの。これですべて終わりもうした。御免」

「うむ」

詰所に向かって一礼する町方に、門番組頭は満足そうにうなずいた。松平屋敷は即座に死体を引き取り、詰所になんら面倒をもたらすことはなかったのだ。

　幸橋の橋板に、雪駄の音が響く。

「左源太」

「へえ」

「うまく合わせてくれたなあ」

「そりゃあ、兄イ。宇田川町といやあ甲州屋しかありやせんぜ」

「ふふ。そうだなあ。加勢どのにとってもな」

「へえ」

　二人の足は橋を渡り切った。

二

「これは鬼頭さまと左源太さん」

　前触れもなく訪れた二人に、あるじの右左次郎はすぐ部屋を用意し、あとから加勢充次郎が来ることを告げられると、

「かしこまりました」

言ったのみで、やはり理由《わけ》など訊こうとしない。部屋の中よりも、裏庭に面した廊下に座り、

「兄イ、いいんですかい。あんなに断定的に言って」

「ははは、来るさ。それよりも武藤三九郎といったなあ、あの横目付。おめえ、感じなかったか」

「あいつですかい。まっさきにホトケの面《つら》を確認してやしたねえ。……あっ。ひょっとしたらあの中間、野郎の配下……。ということは、神明町の賭場に来ていた磯崎六蔵ってえ松平の横目付を斬ったのも……」

「そういうことだ」

「あははは。そりゃあ加勢の旦那、早馬で来やすぜ、ホトケの背中を見りゃあ。しかも場所が金杉橋とくりゃあ」

「左源太よ、おめえもいい勘働きをするようになったぜ」

「へへ。あっしは兄イの岡っ引ですぜ」

話しているところへ、

「鬼頭さま。加勢さまがお越しでございます」

番頭が告げに来た。

「ほら来なすった。ならばあっしは別間で、岩太とお茶でも飲んでまさあ」

左源太は腰を上げた。

すぐ廊下に足音が聞こえた。いかにも急いでいるようだ。

右左次郎が案内してきたが、それももどかしそうに加勢は部屋に入るなり、

「鬼頭どの、聞かせてくだされ。一体どうなっているのか」

最初から胡坐居に腰を下ろして言う加勢に龍之助も、

「それがしもでござる」

龍之助は水野家の星相輝八郎に関すること以外、すべて話すつもりでいる。そうしなければ、松平屋敷内の真相を訊き出すことはできない。

「では、ごゆるりと」

右左次郎はその場で女中に茶の用意をさせ、早々に退散した。

始まった。

「死体がころがっていたのは金杉橋の下でござったが、溺死《できし》ではござらぬ」

龍之助は切り出した。

「城の門番に背中の傷を見せなかった計《はか》らい、ありがとうござった。おかげでみょうな噂が立たずにすみそうだ」

加勢は謝意を述べ、つぎの言葉を待つように上体を前にかたむけた。

「なれど、現場では背中の傷を見た者が多く、町場では向後いかような噂が立つか判りませぬぞ」

「うーむ」

倉石から聞いていたか、加勢はうめき声を上げ、

「貴殿の力で、なんとか抑えられぬか」

「溺死と斬殺、曖昧にすることは可能です。なれど、昨夜の深川での打ち込みでござるが、周辺への聞き込みのなかでござったが、われらが打ち込む寸前、中間姿の者が数名の武士に拉致《らち》されるのを見たとの証言がありましてな」

「なんと！」

「安心召されよ。聞き込んだのはそれがしでござる。聞書《もんじょ》には記しておらぬ」

「すべて貴殿の胸の中と？」

「さよう」

加勢の顔に一瞬安堵の色が走ったが、表情はますます真剣みを帯びてきた。

龍之助はつづけた。

「それがしにも判らぬことが多い。拉致した武士というのは何者なのか、不明でござ

る。もし、そのときの中間がきょう見つかった死体の者であったなら……」

「うーむ。場所が金杉橋であったゆえなあ」

「そこでござる。この前、新橋の下に引っかかっていた、ご当家の磯崎六蔵どのでござったか、その現場を見たという住人がおりましてなあ」

「な、なんと！」

加勢は上体を前にかたむけたまま、前にすり出た。

「待たれよ。その住人が誰かは当方の聞き込みに関することゆえ、訊かれてもお答えはできぬが」

「うーむ」

加勢は不承不承《ふしようぶしよう》うなずいた。幸橋から新橋までの掘割に沿った往還は、片側に町家が立ち並んでいる。そこに目撃者がいたことは不思議ではない。

そのようすを、龍之助は話した。

――中間を随えた武士が、磯崎六蔵を斬った
しかもそのとき、灯りは二張で、

「とくに弓張を持った中間の顔ははっきりと見えたそうです。それが、けさ幸橋御門に運びもうした中間に似ている、と」

「ううっ」

「金杉橋から運ぶ途中、面通しをさせましてな」

むろん、はったりである。

「ご貴殿の屋敷から奉行所へ打ち込みの下知があり、その直後そちらの屋敷の中間が賭博現場の近くで拉致され、打ち込みはこれまで空打ちばかりであったのが、こたびは見事に成功しもうした。さらにその死体がけさ、金杉橋に横たわっていた」

「奉行所が拉致したのでは」

「滅相もない」

そうなるように仕向けたのは龍之助だが、手は下していない。

「加勢どの」

龍之助は加勢充次郎を見つめ、

「死体引き渡しのおり、足軽組頭の倉石俊造どのと一緒に来ていた御仁、ご当家の横目付で武藤三九郎どのと申されましたなあ。死体引き取りだけなら倉石どのだけで充分にござろうが。なにゆえ武藤どのもついて来られたか。しかも死体の中間は武藤どのの配下のようでござった。その中間が、磯崎六蔵どの殺害の現場にいた。どうやらご当家の横目付衆は、一枚岩ではなさそうな……」

「うーむむむっ」

加勢充次郎はうなり声を上げ、

「して、鬼頭どのはいかように鑑定なさる」

「言ってもよろしいか」

「むろん。いかなることといえど、わしの胸三寸に収めておくゆえ」

「しからば」

龍之助は胡坐居のまま威儀を正した。

「昨夜、捕えた者のなかに京助、元太、孝吉なる奥州無宿の者がござった。この三人が賭場の触れ役をしておりましてな。茅場町の大番屋で、もうそろそろ詮議が始まるころでありましょう。それがしが担当すれば、この三人からまっさきに締め上げるところですが、深川辺を定廻りにしている同心が当たっております。まず土地の与太どもの詮議から進めるでしょう」

「な、ならば、まだその奥州無宿の三人は大番屋の牢内に」

「さよう。詮議もあとまわしになりましょう。無宿者は軽くみられますゆえ」

「うーむ。して、それら三人も含め、鬼頭どのはいかように？」

「されば、殺されたご当家の磯崎六蔵どのは、町場で賭場や隠売女の探索を進めておいでござった。これはそれがしも確認してござる」

「ふむ」

「そこで磯崎どのは、ときおり開かれる大掛かりな賭場の尻尾をつかまれた。それを屋敷で横目付同士の打ち合わせのときに話された」

「いかなる尻尾を？」

「それは分かりませぬ。これはそれがしの推測でござるゆえ。おそらく無宿者三人に関することでありましょうか。当然話は、武藤三九郎どのの耳にも入る。両者はともに横目付の同役でございましょう」

「いかにも」

加勢充次郎はうなずき、

「…………」

しばし視線を虚《うつ》ろに泳がせ、ふたたび龍之助を凝視すると、

「京助に元太、それに……」

「孝吉」

「そうそう、孝吉じゃった。その三人を使嗾《しそう》しておったのが、その、つまり……」

加勢は言いにくそうに、かつ思い切ったように、

「松平家の武藤三九郎である……と、ご貴殿は」

「いかにも」

こんどは加勢充次郎の推測に、龍之助が肯是《こうぜ》のうなずきを入れた。

加勢はつづけた。

「それで武藤三九郎はあの夜、手下《てか》の中間をともなって掘割の道に磯崎六蔵どのを待ち伏せ、不意討ちのごとく斬り捨て、掘割へ……」

「さようでござる。そして昨日、ご当家より当方の北町奉行所に早馬が走った」

「いかにも。それはわしも知っておる。早《はや》を見送ったのは、このわしじゃ。今宵、深川で賭場が開帳されるとの知らせを持ってな。ふむ、ふむふむ。それを知る立場にあったのは、足軽を町場に放っているわしだけではない。横目付の武藤三九郎……そうじゃ、武藤のほうが詳しく知り得るぞ」

「そこで武藤三九郎どのは慌て、手下の中間を賭場になっている柏屋へ走らせた」

「ところが途中で何者かに拉致され、殺された」

「それゆえわれら奉行所は、打ち込みに成果を上げることができもうした」

「うむむむむっ」

加勢はまたうなり声を上げ、

「その中間を拉致し、殺害したるは……」

「くどいようだが、われら町方ではござらん」

「わが屋敷の者でもない。死体のあった場所は金杉橋の……」

加勢は念を押すように言うと、

「岩太、帰るぞ」

大きな声を明かり取りの障子のほうへ投げ、腰を上げた。

「そうそう、鬼頭どの」

上げた腰をまた下ろし、端座のかたちをつくるなり、

「このこと、切に、切に」

「心得ておりもうす。わが胸に」

龍之助も足を端座に組み替え、

「なれど、ご当家の動きも話せるものはすべて」

「むろん」

「あれ、もうお帰りですか。中食《ちゅうじき》は」

「さような暇はない。岩太ぁー」

急ぎ来た女中に加勢は返し、足音は廊下をおもてのほうへ遠ざかった。

(これでよい)

その背を見送り、龍之助は足をふたたび胡坐に戻した。

この一件は、すぐさまあるじの定信に達するだろう。定信も加勢充次郎も江戸家老たちも、一様に首をかしげるはずだ。

——中間を拉致し、殺害したるは何者?

場所は金杉橋……。

いずれ脳裡に浮かぶのは、

——水野忠友

しかし、動機が判らない。

それらの思いの中に残るのは、

(不気味なやつ。迂闊《うかつ》に手は出せぬぞ)

星相輝八郎の思惑は、図に当たることになろう。

「へっへっへ、兄イ」

大急ぎで帰った加勢と入れ替わるように、廊下から左源太が入ってきた。

「おう、座れ。で、岩太はなにか言っていたか」

「へへ。言ってやした、言ってやした」

言いながら左源太も胡坐居になり、

「あはは。中間の死体が持ち込まれ、びっくりしたって。名は伝八《でんぱち》というらしく、横目付衆についていて岩太とは名を知っている程度で、行き来はあまりないそうで」

「屋敷の雰囲気は？」

「それが、前からの見ざる言わざる聞かざるの三猿《さんさる》が徹底しているようで、伝八とやらの背に刀傷があることは、岩太も知らなかったようで」

「ふむ、三猿か。やがてそれが外から伝わり、あの屋敷はますます息苦しくなるだろうなあ」

「そのようで。あのホトケ、伝八というの……可哀相に」

左源太は手を合わせた。

「俺は奉行所と茅場町の大番屋が気になる。これから奉行所に戻る。おめえは神明町に戻っていろ。このあとどんな動きがあるかしれない。岩太が駈け込んでくるかもしれねえしなあ」

「へい。へいへい」

左源太はいささか物足りなそうに返事をした。きょうは朝早くからの行動だった。中食にはまだ間がある。岩太も残念だったことだろう。

「はい、おかまいもできずに」

と、店先で見送った右左次郎も申しわけなさそうな顔をしていた。

二人は甲州屋の前で、右と左に別れた。

三

名前を知ると知らないとでは、受けとめ方が違ってくる。だから龍之助は、加勢充次郎に敢えて水野屋敷の星相輝八郎に斬られた中間の名は訊かなかった。だが、岩太が左源太に話していた。

八丁堀へ街道に歩を踏み、騒音に包まれた新橋を過ぎたばかりだ。

(仲間に殺された磯崎六蔵どのは無念であったろうが、伝八なる中間も憐れなことになってしもうた。それに……)

考え事をしながら繁華な街道を歩いていても、他人《ひと》にぶつかる心配はない。ぶつかりそうになっても、八丁堀姿なら相手のほうから避《よ》け、

「ご苦労さまにございます」

などと声までかけてくれる。

京橋の音が聞こえてきた。新橋より騒音は景気よく、両脇に立ちならぶ商舗《みせ》の造作も華やかに見える。

（あの三人、京助に元太に孝吉だったか。いずれふてぶてしい面構えだったが……）

思われてくる。

内通者というより首謀者が武藤三九郎で、三人の無宿者がその手足であったなら、武藤にとっても屋敷にとっても、

（知り過ぎた者ども）

となる。

（大丈夫か）

思えてくる。

呉服橋御門の桝形《ますがた》に組まれた石垣を抜けた。

広場の向こう正面に、北町奉行所の正面門が見える。昨夜、大捕物があったばかりだ。いつもより人の出入りが多く、慌ただしさが感じられる。茅場町の大番屋では、いまも詮議がつづいているのだ。

門を入ると、やはり慌ただしい。だが、こたびの打ち込みの全体像をつかんでいるのは、龍之助ただ一人なのだ。

同心溜りに入った。

文机に向かっているのは三人だけだった。いずれも昨夜の待機組の同輩たちだ。

「おや、鬼頭さん。大番屋のほうじゃなかったのですか」

「聞きましたよ。まさに丁半の始まっている所へまっさきに飛び込まれたとか」

「いやあ、偶然そうなっただけですよ」

龍之助は言うが、なにが待ち受けているか分からない部屋に先陣を切って飛び込むのは、同心といえど恐怖を感じるものだ。だから〝御用、御用〟と声をかけ、対手を浮足立たせてから飛び込むのがいつもの例なのだ。

文机に向かっていた同僚たちは筆をとめ、

「詮議次第で、他の町へも手を入れることになりましょうかなあ」

「さあ、どうなりましょうか。私はさっき自分の定廻りの範囲を見てきたのですが、いまのところは」

待機組だった同心たちも、そこを心配している。

「鬼頭さん。ちょいと大番屋をのぞいてきてくれませんかね。あなたならようすがよくお分かりでしょうから」

「そうですよ。大番屋の同輩から応援依頼が来たからと、私らが上にうまく話しておきますから」

「そうしますか」

龍之助は下ろしたばかりの腰を上げた。けさ未明に全貌の判らないまま、大番屋をあとにしたときには感じなかったが、あの三人が気になりはじめた。自分の手で詮議し、裏を洗うよりもすぐさま遠島の意見書を添え、早急に奉行所の白洲で平野与力の裁許を得たくなった。

思っているところへ、ほんとうに要請が来た。

大番屋での詮議を仕切っている平野与力が、同心を一人奉行所に走らせたのだ。

「事態が変わった。早急に詮議を進めねばならなくなった。応援を数人頼む」

使者に立った同心は言う。

同心溜りに残っていた者は、一斉に龍之助へ視線を向けた。

さらにもう一人、腰を上げた。

急いだ。

「なにか重大なことでも出来《しゅったい》しましたのか」

小走りのなかに訊いた。

「ありました。横槍です」

問い返したが、龍之助には察しがついている。だが、

「横槍？」

（早すぎる）

松平屋敷に急ぎ帰った加勢充次郎は次席家老の犬垣伝左衛門《いぬがきでんざえもん》に、鬼頭龍之助との鳩首の一部始終を報告した。定信は柳営に出仕している。屋敷から早馬が走り出た。犬垣伝左衛門だ。

柳営で犬垣から急を知らされた定信は、昨夜の捕物の報告に評定所へ来ていた北町奉行の曲淵影漸《まがりぶちかげゆき》を呼びつけた。

定信はそこで奉行になにを命じるか……それを龍之助は予測というよりも確信していた。それにしても、その動きが〝早すぎる〟のだ。

案の定だった。

大番屋に着くなり、平野与力は龍之助を詰所の隅に呼び、

「来よった。早すぎる」

いつになく憤懣を舌頭《ぜっとう》に乗せた。平野与力も龍之助と似た予測をしていたようだ。

松平屋敷から急使が来て、

「――奥州無宿の三名、当藩の手配していた凶状持ちの疑いがある。よって引き渡さ

れよ」

と、強引に連れて行ったというのだ。もちろん、縄付きのまま引いて行ったのは、京助、元太、孝吉の三人だった。

「松平屋敷の、なんという家臣でございましたか」

「以前、幾度か会ったことのある御仁じゃった。武藤三九郎という横目付じゃ」

（うっ）

龍之助は心中にうめいた。

平野与力はさらに言った。

「馬でな、轡取《くつわと》りの中間一人をともなっただけで来おった。火急のことゆえ人数をそろえられなかったなどと言いおった」

「それで三人を引いて行ったのですか」

「あの仁なら大丈夫だ。抜き打ちの達人でな。縄付きで逃げられはすまい」

「そんな達人で」

龍之助は得心した。同輩の磯崎六蔵を、一太刀で斃《たお》しているのだ。

「だからじゃ。またどこからいかなる横槍が入るかしれぬ。防ぐには早々に詮議をすませて小伝馬町の牢屋敷に送り、白洲での裁許をやってしまう以外にない。さあ、かかれ。しぶといやつは牢問にかけてもよいぞ」

「はっ」

大勢の詮議が進むなかに龍之助も入った。

四

このとき、二つの事態が進行していた。

一つは柳営の江戸城内であり、もう一つは松平屋敷だった。

松平定信に呼ばれた曲淵影漸は、

「はーっ」

平野与力が武藤三九郎の話を肯《き》かざるを得なかったように、北町奉行の曲淵影漸もまた、返事とともに平伏せざるを得なかった。

定信は言ったのだ。

「昨夜の打ち込み、見事であった。だが、その余波でわが藩の領民も幾人か捕縛された。それらはどうやら白河の領内で手配された凶状持ちで、江戸へ逃げ延びて来ていたようじゃ。その者どもは、わが藩でも調べるべきことがある。至急わが屋敷より遣いを出すゆえ、引き渡すように」

むろん、お膝元の白河藩の領民が江戸に出て、賭博禁止のご掟《じょう》法《ほう》に背《そむ》いていたことを闇に葬るためである。

曲淵影漸はすぐさま北町奉行所に使者を走らせた。

定信に報告した次席家老の犬垣伝左衛門もまた、その場で定信から引き取りの差配を命じられた。

白河藩の領民とはむろん、龍之助が加勢充次郎に話し、加勢が犬垣伝左衛門に告げた、あの奥州無宿の三人である。

ところが曲淵影漸の使者と犬垣伝左衛門が柳営の内濠《うちぼり》大手門を出たとき、奥州無宿の三人はすでに武藤三九郎の手中《しゅちゅう》に落ちていた。

(助かった)

と、三人は草鞋《わらじ》で単《ひとえ》の着物を尻端折に、縄付きで嬉々として馬上の武藤三九郎に随っていた。騎馬の武士のうしろに、縄目を受けた三人が数珠つなぎにつながっているのだから異様な光景で、往来の者は一様に道を開け、ふり返って見ている。

一行は町場を過ぎ、外濠の山下御門から城内の武家地に入った。もう町人の目に触れることはない。幸橋御門が松平屋敷にとって愛宕山下や南側の町場への出入り口なら、山下御門は日本橋など北側の町場への出入り口となっている。

「武藤の旦那、そろそろこの縄目、解いてくだせえよ」

三人のなかの一人が言った。親しい者への口のきようだ。

「ふふふ。屋敷はそこだ。すぐ楽にしてやる」

「へえ。ありがとうごぜえやす」

馬上からわずかにふり返った武藤三九郎に、それが既成のことであるかのように、三人組は疲れ切った表情をほころばせた。

松平屋敷の正面門が見えた。

「裏門へまわれ」

武藤は低声で轡取りの中間に命じた。

奇異なことではない。三人は領民であってもおもて向きは奉行所に挙げられた〝罪人〟である。正面門から入れるわけにはいかない。

「へへえ、こっちゃかえ」

三人は手首の縄目を顔の前まで上げ、

「早うこいつを」

「もうすぐだ」

ぶるると振った縄を武藤三九郎は引っぱった。

「へえへえ」

と、広場のような通りから、三人のつながった姿は消えた。

白壁に囲まれた脇道には屋敷の中間か腰元、それに出入りの行商人がときおり行き来するのみで、人通りはほとんどなく物音もしない。角を一度曲がれば松平屋敷の裏門が見える。

曲がった。

人影はない。

「さあ、解いてやろう」

馬上から武藤三九郎は縄目をぐいと引き、

「おっとっとい」

と、先頭の京助が嬉しそうに馬へ向かってたたらを踏むなり、

「ぎぇーっ」

一声だった。京助は首筋から胸にかけて血潮を噴き、崩れ落ちるのに背後につながっている元太が引かれて前のめりになり、

「きよう、うぐっ」

名を呼ぼうとした刹那《せつな》、首から肩にかけて一太刀浴び、血潮とともに、

「ううっ」

京助の上へ倒れ込んだ。

馬上から武藤三九郎が京助を引き寄せるなり抜き打ちに斬り、さらに京助に引っ張られた元太を斬ったのだ。二人とも首筋を斬られ、即死だった。

二人を斬るなり武藤は馬から飛び下り、足が地に着くと同時に三人の縄目を斬り、
驚愕の態《てい》であとずさりする孝吉に向かい、

「む、む、武藤さま⁉」

狂ったように声を上げ逃げようと背を見せたところを、

「たーっ」

それを待っていたように背を斬り割いた。

「うぐっ」

孝吉も一声だった。背を深く斬り裂かれた衝撃に即死し、前のめりになってうつ伏せに倒れ込んだ。

「だん、旦那さまっ」

中間は最初の京助の血しぶきを浴び、轡を取ったまま茫然と立ち尽くしている。

「死体をかたづけよ」

刀の血糊をぬぐい、鞘に収めながら言う武藤三九郎に、

「は、はいっ」

轡を離し、一番手前の死体に身をかがめたときだった。

「うぐっ」

中間は京助と元太の死体へ覆いかぶさるように倒れ込んだ。

はじめから用意していたか、武藤三九郎がふところから取り出した匕首《あいくち》を中間の背に刺し込んだのだ。

「ど、どうしてっ」

もがくように起き上がろうとするのを、武藤はさらに匕首を押し込んだ。中間の身は力を失い、京助と元太の死体にかぶさったまま動かなくなった。匕首の切っ先が心ノ臓に達したようだ。

武藤は匕首をそのままに、中間の死体を京助と元太の背から引き離し、放り出すようにすぐ近くへ投げ置いた。

最初の一太刀から、時間にすればほんの数呼吸のあいだだった。

外の異変にようやく屋敷の者が気づいたか、裏門が開き、中間が二人出てくるなり

目の前の惨状に驚愕し、

「こ、これは、武藤さまではっ」

「い、いったい」

「こうなってしもうた」

武藤は言う。

知らせを受けた家臣らが走り出てきた。

「武藤どの、これはいったい！」

武藤は応えた。

「昨夜の町方の打ち込みさ。よもや当藩の領民が関わっておらぬかと町方のようすを見に行ったのだ」

「ふむ。さすがは横目付」

肯是する者もいた。

「ほう。それで、実際にいた……と」

「さよう。それがこの三人じゃ」

武藤は死体を手で示し、

「お家のためと思い、早々に引き取ってここまで来たときじゃった。つい門を目の前に、油断が生じた。一人が隠し持っていたか、ほれ、そこに刺さっていよう。いきなり中間の背を刺し、縄目を切って逃げようとしてのう。それでやむなく馬上から二人を成敗し、もう一人は飛び下り斬り捨てた」

いずれの死体の傷口も、話のとおり辻褄《つじつま》は合っている。

「ほう。それはよかった。逃げられたら大変なことになるかもしれぬゆえのう」

家臣たちのなかで、武藤三九郎を難詰する者はいなかった。それら家臣のなかには、足軽大番頭の加勢充次郎もいた。

「…………」

加勢は黙したまま、三人の死体と中間の死体を黙って見つめ、

（さすが横目付だぜ、武藤さん。三人の口を封じるとはのう）

すべてが武藤三九郎の所業であることを見抜き、憤《いきどお》りとともに感心もした。

柳営から次席家老の犬垣伝左衛門が帰ってきたのはこのときだった。事態を聞くなり驚愕し、現場を見て武藤の説明を聞き、見る見る困惑の表情になった。

犬垣はすぐさま中奥の家老部屋に横目付差配を呼んだ。

「実はのう……」

と、柳営で定信から領民三人引き取りの下知を受け、これから足軽大番頭の加勢に

命じ、足軽の一群を町方に走らせる算段だったことを話した。

「ならば、武藤は当人の言うとおり、殿のご意志を先取りしたことになります。三人は屋敷の奉公人を刺殺した極悪人ともなりましょう。成敗したるは当然なれば……」

「仕方あるまいのう。殿には事態を報告するも、屋敷内にはともかく箝口令を敷きましょう。殿も承知なさるはずじゃ。すべてはお家のためゆえのう」

裏門外の現場はすでに清掃され、血の染み込んだ跡《あと》は土ごと入れ替えられ、惨事の痕跡はまったく消え去っていた。

横目付差配が家老部屋を辞するなり、犬垣は秘かに加勢充次郎を呼んだ。

「思わぬ仕儀になってしもうた」

「御意」

二人とも顔が蒼ざめている。

さらに犬垣伝左衛門は言った。

「そなたが町方の鬼頭龍之助から聞いたという、武藤三九郎の件なあ、まだ確証がないゆえ柳営でも殿のお耳にはまだ入れておらぬ」

「なれど、ご家老。武藤どのの間髪《かんはつ》を入れぬ動きは、みずからが法度破りの張本《たばね》であったことを白状するようなものでありましょう。両手を縛られた者が逃げ出したなど、片腹痛《かたはらいた》うございます。端《はな》から三人の口を封じようとしたに相違ありませぬ。そのため、中間まで殺《あや》めるとは」

「うーむ」

憤懣を乗せた加勢の言葉に、犬垣は肯是《こうぜ》するようにうめいた。

加勢の犬垣伝左衛門への報告内容が横目付衆に洩れたのは、犬垣と加勢の失態というほかはない。洩れた道筋は定《さだ》かではないが、二人は自覚している。

「ということはじゃ、武藤三九郎は磯崎六蔵の件も含め、疑いが自分にかかっていることには、まだ気づいておらぬということじゃろ。知っている者の口を封じたのじゃからなあ」

「それに相違はございませぬ」

「このまま知らぬふりをし、殿のお帰りを待ってすべてを話すことにいたそう。武藤三九郎を押し込めにするのはそれからでも遅うはあるまい。いずれにせよ、この一連の事象は、すべて闇のなかに葬らねば、殿のご改革は頓挫《とんざ》することになるぞ」

「御意」

「して、町方の鬼頭龍之助は大丈夫であろうのう」

「むろん。鬼頭どのがおればこそ、磯崎六蔵の殺害も武藤三九郎と目串を刺すことができる、領民三人に中間一人の斬殺も、武藤の計画的なものと即断することができるのでございます」

「ふむ。その者への役中頼みはかかさぬように」

「はっ」

家老部屋を辞した加勢充次郎は、中庭の廊下から天を仰いだ。太陽がようやく中天にさしかかろうとしている。下城する松平定信を迎えに行く行列を組むには、まだかなりの間がある。

「さて、このあとどう動くべきかのう」

一人つぶやいた。

五

このとき犬垣伝左衛門と加勢充次郎には、一つの大きな見落としがあった。

横目付衆と足軽衆とでは、身分から異なる。当然、屋敷内に飛び交う噂を拾い、家臣らの動きを掌握する技《わざ》になれば、足軽衆は目付衆の足元にも及ばない。もともと足軽衆はそのような仕組みにはできていない。

だが、裏門の外で惨事のあったことは、すでに屋敷中に広まっている。

箝口令が敷かれた。

かえってあちらの廊下、こちらの庭にと、噂はささやかれた。

死体をかたづけ、土を運ぶのに足軽や中間が動員されているのだ。

それに、深川で大捕物があったことは、屋敷内にも伝わっている。

そこに、噂はながれていた。

「――武藤さまが、故意に斬ったのではないのか」

「――三人とも町場の遊び人のようだったが、なにかの口封じ？」

「――それに武藤さまについていた中間の伝八が、けさ死体で戻ってきたのはどういうことだ。つながっているのでは」

それらの噂が足軽組頭の倉石俊造の耳に入り、倉石から大番頭の加勢充次郎に報告がいき、

「ご家老！」

と、加勢が中奥への廊下を急いだのは、太陽が西の空にかなりかたむいた時分だった。そろそろ迎えの行列を組む時分である。いずれの大名屋敷においても、柳営に向かう藩主に行列を組み、また出迎えの行列を大手門まで組むのはいつものことで、足

軽、中間から腰元に至るまで多数を動員する一大行事である。

屋敷内が慌ただしくなりかけている。

火急の用とあれば、犬垣伝左衛門は時間を割いた。すでに裃《かみしも》をつけている。

「なんと！」

耳打ちされた犬垣は、午前中の惨劇に匹敵するほどの驚きを見せ、焦《あせ》った。足軽部屋に伝わる噂なら、とっくに横目付衆が嗅ぎつけていることを、犬垣も加勢も解しているのだ。さらに武藤三九郎は、噂には屋敷の誰よりも敏感になっているはずだ。

（勘づいたか）

思っても不思議はない。

慌ただしさの増すなかに、

「殿のご帰還を待つ暇《いとま》はないぞ。身柄を拘束する」

「はっ」

ただちに横目付差配が家老部屋に呼ばれた。

差配もすでにその噂をつかんでいた。

意外なことを言った。

「以前から、なにやら解《げ》せぬ動きをする奴と、注意はしておりました」

「よし。おまえが責任を持って武藤の身柄を押さえよ」

「その手配はしております。なれど、屋敷内に姿がありませぬ」

「なに。いつからじゃ」

「はっ。さきほどまでは」

曖昧な返答だ。すでに逃走したようだ。

三人の口は封じたものの、奉行所での詮議が進むなかに、京助ら奥州無宿三人組の役割が明らかとなり、そこに松平屋敷の武藤三九郎の存在が浮上するのも充分に予測されることだ。

中間の伝八が水野屋敷の星相輝八郎の手に落ちたときから、武藤三九郎の運命は決まっていたのかもしれない。松平屋敷はそれらを知らないまま、武藤三九郎のみが慌てていたことになる。

「なにやら大変なことになりそうだ」

犬垣伝左衛門はうめくようにつぶやき、

「目付と足軽は行列に加わらずともよい。横目付衆は外濠の城門に聞き込みを入れ、いますぐ四宿《ししゅく》に人数を置き、足軽どもは近辺の町場を探索せよ。わしも行列には加わらず、ここにておまえたちの知らせを待つ。見つけ次第斬り殺すも苦しからず。なお、おまえたちの役務は、屋敷の者といえど口外は一切無用」

「はっ」

「承知」

家老部屋はふたたび犬垣伝左衛門一人となった。横目付衆と足軽衆の役務を分けた措置は適切だった。双方の役務範囲が明確に分けられ競合していなければ、得た情報は隠匿されることなく家老部屋に集められ、かえって双方の共有が可能となる。

ただちに足軽衆と横目付衆は散った。

すぐだった。

藩主出迎えの長い行列が、屋敷の正面門を出ているときだった。それと出会うのを避けたか、惨劇の痕跡を微塵も残さない裏門から、一人の横目付が帰ってきた。報告を受けた横目付差配は、すぐさま家老部屋に走った。

(なにかつかんだな)

物陰からそれを見ていた者がいる。足軽大番頭の加勢充次郎だ。

老中となった定信を屋敷内で補佐しているのが首席家老であれば、定信からの直命で〝田沼意次の隠し子〟の探索を、屋敷内の誰にも知られず進めているのが、次席家老の犬垣伝左衛門だった。さらにその手足となっているのが、足軽組頭の倉石俊造である。その探索について、中奥で定信と犬垣伝左衛門、それに加勢充次郎の三人で鳩首することがしばしばあった。その仕組が隠売女や賭博の探索にも生かされている。加勢充次郎は、横目付の武藤三九郎の探索についても、横目付差配をさしおいて犬垣伝左衛門と単独で鳩首できる素地がととのっているのだ。

頃合いをみて加勢充次郎は、家老部屋にそっと足を運んだ。

「おう、加勢。いいところに来た。いま呼びにやろうと思うておったところだ」

犬垣伝左衛門は膝を乗り出し、

「はっ。武藤三九郎の足取りが、なにかつかめましたろうか」

「それよ」

と、さっそく次席家老と足軽大番頭の鳩首が始まった。

「いましがた報告があってのう。ほんの半刻《はんとき》（およそ一時間）ばかり前だという」

「はあ」

と、二人は膝の間合いをさらに詰めた。

「風呂敷包みを小脇に抱えた武藤三九郎らしき者が、幸橋御門を出た」

「山下ではのうて、幸橋を……で、ございますか」

加勢は〝幸橋〟に念を押した。

幸橋御門と山下御門の番卒たちは、粗相があってはならぬと松平屋敷の家臣たちの顔を覚えている。とくに横目付衆は町場の監視にも出るようになってからは、門の閉まる日の入りの暮れ六ツを過ぎてから帰って来ることが多くなり、顔ばかりか名まで知っていた。ちなみに、松平家の横目付が町場にも出はじめたのは、町人を取り締まるためではない。取り締まっている奉行所の町方たちが、御掟どおり厳重に動いているかどうか、それを監視するためである。

さっき戻って来た横目付は、幸橋御門に聞き込みを入れたようだ。

「武士が中間も随えず、自分で風呂敷包みを抱えているので、門番どもは奇異に感じたようじゃ。しかも三九郎め、急ぎ足じゃったそうな」

「間違いありませぬなあ」

「そりゃあ門番どもは三九郎の顔を知っていようから、間違いはないじゃろ」

「いえ、そのことではありませぬ。ご家老はいかようなご下知を横目付衆に?」

「半刻も前なら間に合わぬかもしれぬが、品川宿での人数を増やし、街道にも人を出して足取りを追え、と。奴も国おもての白河へなどと、奥州街道に乗るような頓馬なことはすまいでのう。出たのが山下御門であったなら、日本橋のあたりから中山道を板橋宿の先まで人を出さねばならないが、横目付差配もこれで目串を刺す範囲が狭ま

った と喜んでおった。で、おまえの考えはいかがか。そのことではないなどと」

「はい。幸橋御門なら品川宿、山下御門なら日本橋から板橋宿と看《み》るのは正しいかと思います。なれどもう一つ、武藤どのは江戸を出るつもりであっても、すぐさま追手のかかることは予測していましょう」

「ふむ。もっともじゃ。で……？」

「しばらく町場に潜んで屋敷からの追手をやり過ごし、しかるのちに……と」

「ふうむ。なれど、幸橋を出れば品川宿まで町場がずっとつづいておる。おもて立って探索することはできぬぞ」

「そのことでございます。最も隠れやすく、われら屋敷の者が最も見落としやすいところ」

「近くて繁華なところと申すか」

「御意」

応えた加勢充次郎の脳裡には、鬼頭龍之助の顔が浮かんでいた。犬垣伝左衛門の言った〝近くて繁華なところ〟とは、もちろん神明町と増上寺の門前町である。品川宿に通じる東海道も、そこを通っているのだ。風呂敷包みを抱えた武藤三九郎は、あるいは茶店・紅亭の縁台ではなく暖簾の中に入り、きょうの午《ひる》までは同輩であった横目付たちが三人、四人と袴の股立《ももだち》を取り草鞋《わらじ》の紐をきつく結び、品川宿のほうへ急いでいるのを確認したかもしれない。

「よし。町場はなお厳重に、足軽に任せるぞ」

「はーっ」

加勢は平伏し、家老部屋を出るなり廊下から、庭にいた中間に、

「岩太を呼べ。火急じゃ」

命じた。

茅場町の大番屋では、捕えた者どもの詮議が進んでいることだろう。牢問の竹刀や石版が使われ、もう幾人かが小伝馬町の牢屋敷に送り込まれたかもしれない。

屋敷の裏門から岩太は走り出た。

走ったのは山下御門だった。

「――おそらく茅場町であろう。走れ」

加勢充次郎に命じられたのだ。

用件は口頭だった。

陽が西の空にかなりかたむき、街道に落とす影が長くなっている。

走った。

岩太が茅場町の大番屋に着いたとき、陽はまだ沈んでいなかったが、街道は荷馬や大八車や往来人の動きが慌ただしくなる時間帯に入っていた。そこに中間が走っても諸人は驚かない。全体が慌ただしくなりかけたなかの、一つの動きに過ぎない。

屋敷では、定信を迎えに出た行列が大手門から帰って来た時分であろうか。すべてを定信に話すのへ、犬垣伝左衛門も加勢充次郎も緊張していた。こともあろうに屋敷内から、ご政道に背く者を出したのだ。しかもそれが、町方が諸事厳しく取り締まっているかどうかを見張るため、町場に出した横目付なのだ。

(烈火のごとく……殿は……)

思っただけでも背筋が凍る。

(せめて武藤三九郎の首を、……頼むぞ、鬼頭さん)

行列の戻って来た慌ただしさのなかに、加勢充次郎は念じていた。町場の探索は、足軽をいかに繰り出しても町方には、とくに神明町と増上寺の門前町では鬼頭龍之助に敵《かな》わないことを、加勢は認識している。

「おっ、岩太。なにか火急の用か」

と、龍之助は大番屋の奥で岩太なる武家屋敷の中間が訪ねて来たことを小者から告げられ、急いで表の玄関口に出てきた。すでに十人ほどの無頼の身元を確認し、小伝馬町の牢屋敷に送り込んだ。いずれもあちこちの町場の貸元や代貸たちだった。さきほど同輩の一人が、牢送りのなかに定廻りの町場の貸元がいたため、

「——混乱が心配だ。ちょっと町のようすを見てくる」

と、小者一人を連れ、大番屋を出て行った。

詮議はあと十人ほど残っているが、きょうはそろそろ切り上げてあしたにしようかとしていたところだ。浪人者二人は単なる用心棒で、それ以上の背景のなかったことは一安心だった。手負いのまま、すでに小伝馬町送りとなっていた。

「鬼頭さま、実は……」

と、岩太は龍之助の顔を見るなり、玄関口の隅へ身を寄せた。低い声だった。

奥州無宿の三人を、松平屋敷の武藤三九郎に持って行かれたあとの事態を、龍之助はむろん奉行所の者は誰も知らない。松平屋敷の箝口令は徹底している。

だが、

「——鬼頭どのには、詳しく話せ」

岩太は加勢充次郎から命じられている。

龍之助は緊迫したものを感じ、岩太につづいた。別に隠れるでもなく、単に通路の隅だから、かえって同輩からは組屋敷の中間が、帰りの時間を訊きに来たくらいにし

か見えないだろう。

　低声のまま岩太は話した。

「一面、血潮が飛び散っておりました」

と、岩太も死体のかたづけに駆り出された一人なのだ。

「なな、な、なんと」

　思わず龍之助は声を上げた。さいわいこのとき、大番屋の小者が離れたところに一人立っているだけだった。

　さらに岩太は、加勢から武藤三九郎が失踪したことも聞かされている。

（口封じ）

　即座に龍之助は解した。

　怒りが込み上げてくる。

「すぐに会いたい」

　加勢充次郎は言っている。返答もこの場で欲しいとのこと。

「分かった。いますぐ甲州屋に」

　言った龍之助の脳裡には、京助ら三人の顔が浮かんでいた。岩太にとっても殺された中間は、自分の朋輩《ほうばい》なのだ。

詮議の差配をしている平野与力に、

「私も持ち場のようすを」

「おう」

平野は二つ返事だった。このあと、空白のできた裏社会に一波乱起きることは、町方の最も警戒しているところだ。

六

陽が沈みかけている。

家路を急ぐ者たちで、街道がきょう一番の慌ただしさを見せるときだ。

岩太はそのなかにふたたび走り、龍之助は小走りに雪駄の音を立てた。

騒音の京橋を越え、新橋を過ぎたころにはあたりが暗くなりかけ、さきほどまで街道を埋めていた荷馬や大八車や往来人たちはどこの枝道や脇道に消えたか、出てはいてもすっかり間合いが開いていた。

宇田川町で甲州屋への枝道に入れば、軒提灯の灯りもなく、

(こりゃあ御用提灯の一張も持ってくればよかったなあ)

などと思うほどだった。

甲州屋はすでに雨戸を閉め、すき間に灯りも洩れていなかった。加勢充次郎はまだ来ていないようだ。

（商舗《みせ》を閉じてからで申しわけないが）

潜り戸を叩いた。

まだ寝ていない。小僧がすぐに出てきてあるじの右左次郎を呼んだ。

右左次郎はみずから手燭を手に、

「金杉橋の死体に深川での打ち込みと、お忙しいようで」

と、奥への案内に立った。噂はすでにこのあたりにもながれているようだ。

加勢もすぐ来ることを聞かされると、小僧に雨戸を一枚開けさせ、店場の行灯にも火を入れさせた。

龍之助の頼みで小僧が一人、ぶら提灯を手に神明町へ走った。岩太が提灯持ちに随《つ》いてくるはずだ。松平屋敷の中のようすが知りたい。左源太を呼びに遣《や》らせたのだ。

裏庭に面した部屋に行灯《あんどん》が入った。場所はおなじだがいつもの午間《ひるま》と違い、いかにも内密の話をする気分になる。実際に人ひとりを殺す話をするのだ。

あの奥州無宿三人は、奉行所の白洲に出してもご時世から死罪は免れないだろう。

おなじ命を絶たれるにしても、武藤三九郎に殺されたことが、龍之助には憐れでならないのだ。それに武藤が口封じから無関係の中間をも殺したことは、岩太の話した状況から見込みをつけている。当然、松平屋敷の横目付差配も加勢充次郎も、次席家老の犬垣伝左衛門も、そう鑑定しているはずだ。さらに武藤三九郎は、おのれの秘密を守るために磯崎六蔵なる同輩をも殺害している。

松平家の家臣でなくとも、

(許せぬ)

街道に歩を踏んでいたときから、龍之助の胸は決していた。

行灯の火が揺れる部屋に、腰を据えてからすぐだった。

「連日にわたり、しかもかような時分になってしもうてすまぬのう」

「なにをおっしゃいますか。さあ、岩太さんはあちらの部屋で。左源太さんもすぐ見えますから」

廊下のほうから加勢充次郎と右左次郎の声が聞こえてきた。

龍之助はわずかに腰を浮かした。

右左次郎はすぐに退散した。二人分のお茶はすでに出されている。

二人は湯飲みの盆をはさんで胡坐居に向かい合うなり、

「ご足労、痛み入る。武藤三九郎が出奔《しゅっぽん》いたした」

と、加勢はすぐ本題に入った。その顔が蒼ざめて見えるのは、明かりが行灯一張だけのせいではない。昨夜の大捕物の裏事情がおもてになれば、松平定信の果敢に進めている政道が頓挫するばかりか、定信失脚への第一歩ともなりかねないのだ。

「ご貴殿は、武藤三九郎が神明町か増上寺門前に潜んだと見込まれたか」

「いかにも」

「見込みどおりであれば、飛んで火に入る夏の虫と思われよ」

「おぉぉ」

加勢は感嘆の声を上げた。

「勝負は今宵か、遅くともあす一日でありましょう」

「ふむ、ふむふむ」

加勢は一膝前にすり出た。

「殺してもよろしいか」

「うっ」

それが龍之助の口から出たことに、加勢は一瞬驚いた表情になったが、

「ただし、極秘に」

「いいでしょう」

「鬼頭どの」

これまでになかったことだ。加勢充次郎は龍之助の手を取り、握り締めた。

本題の話はそこまでだった。鳩首がかくも短いのも異例のことだ。

あとはいくらか雑談のようになった。しかも加勢は全身の力が抜けたようになっている。

「実はそれがしも」

と、ホッとしたように言う。

「武藤三九郎を葬れと下知を受けましてのう。それも、秘かに」

「ほう。貴殿に下知されるとは、犬垣伝左衛門さまでござろうか」

「いや。もっと上からじゃ。狂ったようにお怒りになってのう」

加勢は言うと、

「あっ」

と声を上げ、口をつぐんだ。

犬垣伝左衛門の上となれば、松平定信しかいない。

「ふふふ」

龍之助はかすかに笑みを浮かべ、

「訊きますまいよ。ともかくこの件、武藤三九郎が飛んで火に入る虫になっていなくとも、草の根を分けても找し出してみせましょう」

龍之助は武藤三九郎なる武士への、言い知れない嫌悪から、これも松平屋敷の卑劣ともいえる思惑に、知らず乗る気になっていた。

だが、言った。

「武藤三九郎……ですか。定信公も、いいご家来をお持ちになりましたもので」

「皮肉を申されるな」

加勢は苦笑せざるを得なかった。

この日、加勢は岩太を龍之助に預けた。死体となった武藤三九郎を確認させるためと、鬼頭龍之助と龍之助に差配された町衆の活動ぶりを報告させるためである。

帰りは甲州屋の番頭がぶら提灯で加勢の足元を照らし、幸橋御門まで送って行った。

加勢が部屋を出て、甲州屋の玄関口まで岩太が見送りに出ているあいだに、左源太が裏庭に面した部屋へ入ってきた。お甲が一緒だった。きょうは賭場が立っていないようだ。

「龍之助さまア。どうしてあたしだけ蚊帳《かや》の外なんですよう」

と、頬を膨らませている。左源太にお呼びがかかったのへ、お甲も無理やりついて来たようだ。

「おう、ちょうどいい。あとでおまえも呼びにやるつもりだったのだ」

「ほんとに」

と、お甲は機嫌をなおした。

「へへ。それよりも旦那。聞きやしたぜ。松平の屋敷じゃいま、徹底した東照宮さまの三猿になっているようですぜ」

「あたしも、聞いて驚いた」

左源太が言ったのへ、お甲がつないだ。二人とも、岩太から事件のあらましは聞いたようだ。

「許せねえ」

「あたしも」

二人は声を合わせた。

これから二人には正真正銘の手足となってもらわねばならない。あらためて説明する手間がはぶけた。

「さ、行くぞ」

「え、どこへ」

「まずは茶店の紅亭だ。左源太には悪いがこれから八丁堀に走って、茂市とおウメに俺が今宵は神明町泊まりだと告げ、挟箱を担いできてくれ。中には御用提灯と、おめえの十手も忘れぬようにな」

「へい、ようがす。房なしの十手でやすね」

左源太は張り切って部屋を出た。

「あれ、左源の兄イ。どこへ」

そこへ岩太が戻ってきた。

「へへ、俺は岡っ引だぜ。歩きまわるのが仕事よ」

「俺も加勢さまから、今夜は鬼頭さまにつけと」

岩太が言ったとき、左源太はもう廊下を店場のほうへ曲がっていた。

岡っ引は同心から身分を証明する手札をもらっているだけで、十手・捕縄《とりなわ》まで持たせてもらえるのは、よほど緊急の場合か、切羽詰まった探索のときだけである。それが今宵かあした中には予想されるのだ。左源太は張り切り、岩太も日常と違った役務を命じられ、嬉々としている。

龍之助は加勢が目串を刺したとおり、標的の武藤三九郎が屋敷から最も近い門前町となる神明町か増上寺門前に、追手をかわすため潜むであろうことを確信している。その自信が加勢との鳩首のなかにもあらわれていた。

「さあ、行くぞ」

龍之助はふたたび言い、お甲と岩太をうながした。お甲は前掛をはずしているが、紺色の着物に黄色の帯と割烹・紅亭の仲居姿のままで、岩太は紺看板に梵天帯の中間姿である。

あるじ右左次郎に見送られ、三人は街道に向かった。

甲州屋では右左次郎が、

「今宵、まだなにがあるか分かりません。雨戸は閉めても、店場の行灯はそのままにしておきなさい」

丁稚《でっち》に命じていた。

町々の木戸が閉まる夜四ツ（およそ午後十時）にはまだ間があるが、街道はすでに静寂と闇の空洞となっている。中間姿の岩太が提灯で龍之助とお甲の足元を照らしているのは、けっこう似合った風情だ。お甲は〝割烹紅亭〟の名入の提灯を持って来ている。岩太が手にしている提灯は、なんと弓張で星梅鉢の家紋が描かれた松平家の提灯だ。

「屋敷は、さほどに三猿となっているのか」

「へえ。それも、ますます酷《ひど》くなっております」

龍之助が問いかけたのへ、弓張提灯を持ち、いくぶんかがみ腰のまま岩太は応え、

「きょう無宿者の三人と一緒に殺されたの、俺の、いえ、私の朋輩ですよ。ちくしょーっ」

「そう、それ。わたしも聞いて腹が立ちました」

「中間が無宿者に殺されたなんて、屋敷の者は誰も信じておりません。武藤さまに刺されたのに、相違ありませんよ」

お甲が口を入れたのへ、岩太は低く吐き捨てるような口調でつづけた。

「ふむ」

龍之助はうなずいた。

屋敷内ではすでに、武藤三九郎の犯行が広くささやかれている。

(そこに藩士から末端の奉公人にいたるまで、三猿がかけられている)

龍之助は解した。

「あらら、そこですよ。ほら、紅亭」

お甲が雨戸の閉まった茶店・紅亭のほうへ提灯をかざした。明るいうちなら往来人の行き交うなかに、厭《いや》でも大きな幟や往還にまで出された縁台が目につくが、夜では気をつけていないと通り過ぎてしまう。

「おう」

龍之助は近寄り、

「親爺《おやじ》、俺だ」

雨戸を叩いた。

住み込んでいる親爺はすでに寝ていたのか、三度目か四度目に灯りがすき間から見え、中で人の動く気配が感じられた。

茶店では朝が早いため、火種は夏場でも常に箱火鉢の中にとってあり、蠟燭《ろうそく》の火なら即座に間に合うので便利だ。

中に入り、眠そうな親爺をうながし、入れ込みの板の間に三人は向かい合い、親爺も龍之助に言われ、そこに胡坐を組んだ。

板の間とはいえ、岩太にはそれが嬉しかった。屋敷内でも外出先でも、中間が二本差しとおなじ座に席を取るなどあり得ないことであり、許されないことなのだ。

だが龍之助なら、そういうことに無頓着だ。しかもお甲も茶店の親爺もそれを当たり前のように受け入れている。お甲は盆茣蓙の前ではきりりと端座になるが、いまは横座りに足を崩している。岩太もそれに倣《なら》って胡坐を組んだ。お互いにそうしたほうが話しやすいのだ。

果たして親爺は言った。

「あゝ、午《ひる》を過ぎてから風呂敷包みを小脇に抱えたお侍かね。来たよ」

龍之助と岩太、お甲は緊張した。

行灯の炎も三人の気を受けたか、風もないのにゆらゆらと揺れた。

「おかしなお侍じゃったので覚えていますじゃ。人待ちなら外の縁台に座りゃいいものを。中に入って首を伸ばし、ほれ、そこの櫺子窓《れんじまど》から街道を見てござった」

岩太がその武士の風貌を詳しく訊いた。

間違いない。

茶汲み女がお愛想に、

「——あんれ、お侍さま。どなたか找しておいでですか」

声をかけたという。

「返事もせんので、わしも気味が悪くなり、黙って見ておりましたじゃよ。ときおり煎餅をかじり、お茶も飲んで……。そうさなあ、一刻（およそ二時間）近くはおりましたろうか。ま、居座ってはいたものの、手のかからぬお客じゃった」

親爺は話した。

そのあいだに武藤三九郎は、街道を南へ急ぐ同輩の一群を確認したことであろう。

当然、品川宿を張る横目付衆の策を、慥《しか》と胸に収めたはずだ。

茶店の紅亭を出てから、

「どこへ行ったたって？　見ておりませんじゃよ」

「ありがとうよ、爺さん。あした日の出とともに、ここの一番奥の部屋をまた詰所に使わせてもらうかもしれねえから、空けておいてくれ。それから、このあと左源太が挟箱を担いで来ようから、石段下のほうへ来るように言ってやってくれ」

「さあ、行くぞ」

龍之助は親爺に言うと、

「え、わたしの部屋？」

お甲が返した。

石段下といえば割烹の紅亭である。茶店の紅亭では、お茶と煎餅は出せても、夜食までは用意できない。

「お前の部屋でなくても、この時分なら座敷が全部空いているだろう」

言いながら龍之助は腰を上げ、外に出た。

神明町の通りには、飲食の店の軒提灯がまだ点々と灯っており、ふらふらと千鳥足の影が動いている。枝道に入れば軒提灯の数は増え、脂粉の香もただよってくる。簡易な宿もあり、人が隠れるお膳立てはととのっている。

松平家の弓張提灯と紅亭のぶら提灯は、左門町の通りをまっすぐに進んだ。

「おぉう、姐ちゃん」

二人連れの酔客がお甲に目をつけたか、ふらふらと寄ってきた。左源太に似た、腰切半纏の職人たちだ。

「うぉっほん」

歩を進めながら龍之助が咳払いをした。

「うあっ」

弓張提灯の灯りに浮かんだのが八丁堀とあっては、

「えへへへ」

「ご苦労さんでございます」

三人は媚びたような声を背に、悠然と歩を進めた。

割烹の紅亭も灯りが消え、雨戸を閉めていた。田沼時代ならこの時分、茶店はともかく割烹の紅亭まで暖簾を仕舞うことはなかった。

さすがにまだ起きていたか、一度雨戸を叩いただけで住み込みの手代が出てきた。

「弥五郎と伊三次をすぐ。本門前一丁目の一ノ矢にも、至急来るように触れてくれ」

「は、はい」

龍之助の不意の訪《おとな》いに手代は緊張し、その場から外へ走った。

すぐにお甲が奥へすり足をつくり、廊下に掛行灯《かけあんどん》が掛けられ部屋も用意された。

「あ、女将《おかみ》さん。あとはわたしが」

お甲が言うのへ逆に女将だけでなく、仲居が二人も出てきた。さすがに割烹で、お茶を載せた盆には茶菓子も添えられていた。

「では、ごゆるりと」

女将は突然の来訪に理由も聞かず、仲居たちをうながし早々に下がった。料亭の仁義だけではない。龍之助への信頼の強さがそこに見える。甲州屋の右左次郎とおなじだ。女将も甲州屋も、龍之助を無頼のころから知っているのだ。

さすがに岩太は仲居にお茶を出され、端座の姿勢を取っている。さきほどの茶店の入れ込みの板の間と違い、歴とした料亭のお座敷で鬼頭龍之助と同席している。しかも女将も仲居も、それが自然のように遇してくれている。

（このお人のためなら……）

ますます思えてくる。かつて盗賊の一味に利用され、仲間に引き込まれそうになったのを救ってくれたのが龍之助なのだ。しかもその盗賊の捕縛を、仲間になった〝振り〟をして〝町方に合力した〟という岩太の手柄にしてくれた。屋敷で加勢充次郎の信頼を得るようになったのも、それがきっかけとなっている。

「旦那。昨夜の打ち込みがなにか尾を引いているんですかい」

言いながら襖を開け、大松の弥五郎が入ってきた。

「ま、そういうところだ。伊三次は？」

「へえ。ここの手代が一ノ矢もと言うから、代わりに伊三次を呼びに遣らせやした」

「おう。それはありがたい。ま、座んねえ」

「おや。これはときおり見かける松平の中間さんじゃねえですかい。なにやら奥がふかそうじゃありやせんかい」

言いながら弥五郎は胡坐居に腰を据えた。

岩太はぴょこりと弥五郎に頭を下げ、龍之助が紹介するように、

「そう。根は深い。これから息の根をとめる野郎の面を、一番よく知っているのはこの中間さんでなあ」

「えっ。息の根をとめるってのは、松平のお侍で⁉」

部屋に一瞬、緊張が走った。

七

伊三次に案内された一ノ矢が、おなじく代貸を供に、

「こんな時分になんですかい。きのうの打ち込みに関わることですかい」

と、顔を見せたのは、部屋に緊張のなお残っているときだった。入るなり弥五郎とおなじようなことを言う。それほどに富岡八幡宮の門前町への打ち込みは、江戸中の貸元にとって衝撃的だったのだ。

一ノ矢は本名を矢八郎《やはちろう》といい、本門前一丁目という増上寺門前の一等地を仕切っているだけあって、なかなか渋みのある面構えをしている。その場所柄、増上寺門前町の貸元衆の筆頭格でもある。

そればかりではない。一年前のことだ。本門前二丁目の貸元、二ノ源《にのげん》こと源兵衛《げんべえ》が理不尽な殺しを犯し、探索に入った龍之助に虚勢を張るなど二重の失態を演じたことから、門前町の仕組を乱す輩《やから》として、なかば龍之助の裏差配で一ノ矢をはじめとする

周囲の貸元衆から叩き潰された。空白となった本門前二丁目が周囲の貸元衆の草刈り場になりかけたところ、龍之助が差配して一ノ矢預かりとし、流血を未然に防いだことがある。本門前二丁目の一ノ矢預かりはそのまま固定し、一ノ矢は縄張を広げたかたちになり、名実ともに増上寺門前町の〝顔〟となっている。

いまでは増上寺門前町が舞台となる揉め事で、おもてに出すのも裏で決着をつけるも、一ノ矢を抜きにしては事が進まない。つまり、一ノ矢を手なずければ事は進む。龍之助得意の、無頼相手の寝技である。

だからなおさら、昨夜捕縛した者のなかに、神明町はむろん一ノ矢をはじめ増上寺門前の衆が一人もいなかったことに、龍之助はホッとしたものである。

「おや、みなさんおそろいで」

と、左源太が八丁堀から挟箱を担いで紅亭に入ったのは、一ノ矢とその代貸が座に腰を据えてからすぐだった。

行燈の薄明りの中に、部屋は上座も下座もない円陣となったが、自然に龍之助の左右には左源太とお甲が陣取り、岩太は左源太の横で端座から胡坐に組み替え、それらに弥五郎と一ノ矢たちが向かい合うかたちになった。

龍之助が集めたのだから、龍之助がまず第一声を放った。

「どうしてもあの世に送らねばならねえ野郎が一人いる」

「えっ。旦那が、ですかい」

一ノ矢は驚きの声を上げた。増上寺門前に探索の手を入れる相談かと思って来てみたら、八丁堀の旦那のほうから〝殺し〟の話が出たのだから、大松の弥五郎もそうだったが、驚くのに無理はない。

だが一ノ矢は、

「あはははは。これはまた左源太どんやお甲さんじゃねえが、無頼のころの龍兄イが戻って来なすった思いがしやすぜ」

「そう思ってもらってもいいぜ、一ノ矢の」

「へい、思いやした」

「おぉう」

龍之助の言葉に一ノ矢が返し、弥五郎が安堵のうなずきを入れた。座の緊張はほぐれた。殺しの相手の名も事情も聴く前から、一ノ矢は龍之助の話に乗る意思表示をしたのだ。裏社会の男たちとこうも阿吽《あうん》の呼吸を交わす同心など、北町にも南町にも龍之助以外にはいないだろう。

「実はなあ……」

龍之助は一同を見まわし、神明町の賭場を出た武士が新橋近くの掘割で殺害された話から始めた。

その話は、弥五郎も初めて聞く内容だった。

星相輝八郎の名は出さず、話の最初の登場人物が〝水野家の家士〟というだけで筋はとおる。その水野家の家士が松平家の伝八なる中間を斬り、武藤三九郎という松平家の横目付と深川の現場との連絡を遮断した……。話の内容は、打ち込みに関わる、そうした一連の裏のながれと、松平屋敷の裏門外での結末にも及んだ。

「鬼頭の旦那。言葉を返すようで申しわけねえが、そこに見立て違いや思い込みはねえでしょうなあ」

腹から絞り出すような声で問いを入れたのは、大松の弥五郎だった。その横で、伊三次も意外といった顔つきになっている。最初に殺された大柄な武士、磯崎六蔵の顔を知っている。内通もなにもあったものではない。松平家の横目付が一連の賭場の張本《たばね》だったことに驚愕しているのだ。

「ま、間違いございませぬ。手足になっていた奥州無宿三人を、屋敷の裏門の外で斬ったのも、馬の轡取りの、私の朋輩を殺したのも、武藤三九郎でございます。死骸のあとかたづけをしたのは、この私なのです」

言ったのは、中間姿で身を固くしていた岩太だった。堰《せき》を切ったような口調だった。説得力はあった。

「なるほど、そういうことだったのですかい。やつらの正体、これで見えてきやしたぜ。なあ兄弟《きょうでえ》」

「あゝ」

一ノ矢が言ったのへ、弥五郎はうなずきを返した。伊三次も一ノ矢の代貸も、しきりにうなずきを入れている。

松平定信のご政道に締め付けられ、江戸中の貸元衆が逼塞《ひっそく》している間隙を縫うように大規模な賭場を開き、しかも巧みに奉行所の打ち込みを躱《かわ》し、捕縛された者もおらず得体も知れなかった。

不気味だった。

その背景が明らかになったのだ。

「その松平家の武藤三九郎ってえ侍を、旦那は……ですかい」

一ノ矢は手刀で空を斬る仕草を見せた。

「いかにも。おめえらが殺《や》ったんじゃ、俺が探索しなきゃならねえからなあ」

「なるほど。鬼頭の旦那が殺りなさりゃあ、探索する者もいねえや」

龍之助が言ったのへ弥五郎が得心したように返し、部屋に愉快そうな笑いが低く洩れた。

龍之助はつづけた。

「そこでだ、ともかく武藤三九郎の居所を知りてえ。おめらももう勘づいているだろうが、町じゅうをさっそく洗ってもらいてえ。今夜の内にだ」

「ふーむ」

一ノ矢が大きなうなずきを見せ、これまで聞き役に徹していた伊三次が、

「最後の足取りが茶店の紅亭ってことでやすが、そいつがそのまま神明町にもぐり込んだ兆候はありやせんぜ。もちろん、もう一度洗ってみやすが」

「おう、伊三次どん。それには及ばねえかもしれねえぜ」

言ったのへ一ノ矢が返し、

「おう。申し上げろ」

「へい」

かたわらに言うと、その者は意味ありげに応じた。一ノ矢の代貸だ。一同の視線はそこに向けられた。

一ノ矢の代貸は胡坐のまま、身づくろいをするように姿勢を正した。名は又左《またざ》とい

った。大松一家の伊三次もそうだが、貸元以上に機転が利き動作も機敏でなければ代貸は務まらない。又左にもその雰囲気はある。中肉中背で目つきがなかなかに鋭い。

「申しやす」

と、又左は話しはじめた。

「きょう日暮れてからでやす。本門前二丁目のほうを、ちょいと見まわっていたと思ってくだせえ」

代貸が若い衆を連れ、縄張内《しまうち》を見てまわるのは毎日のことだ。揉め事があり、それがおもてになれば一家の恥になる。

そのとき、

「――あ、又左さん。ちょいと心配なことが」

島田屋という女郎屋のあるじが声をかけてきたという。

聞けば、夕暮れ近くに身なりのととのった武士が、

「――二、三日、居座らせてもらうぞ」

と、気前よく前金で支払いをすませ、部屋に上がったというのだ。島田屋ではその武士に、店で一番の女を当てたという。

女郎屋に居つづける者が、最初からそれを言って金まで払うというのは珍しい。し

かも歴とした武士である。このご時世、さまざまなご法度は町場より、むしろ武士のほうに厳しいのだ。

「——範を示せ」

定信は言っているのだ。

「——そうですかい。みょうな素振りでもありゃあ知らせてくだせえ。すぐ駈けつけまさあ」

と、又左は島田屋のあるじに応え、それだけのことだった。

それを一丁目の住処《すみか》に帰り、一ノ矢に報告しているところへ、伊三次が呼びに来たというのだ。

武藤三九郎が茶店の紅亭を出たのが日の入りのすこし前で、島田屋の暖簾をくぐったのもその時分とあっては、

「よし、面通しだ。又左、岩太を連れて行き、その場をうまく計らってくれ」

「へい」

又左と岩太が腰を上げたのへ、

「へへ。岩太一人じゃ心配だ。俺も野郎の面は知ってるぜ」

左源太もつづいた。

島田屋が一ノ矢の縄張内になっているのは都合がよかった。これが縄張の外だったなら、一ノ矢がそこの貸元に筋を通し、手順を踏まねばならない。

外はそろそろ飲み客は帰途につき、女郎屋の泊り客は一風呂浴び、くつろごうかといった時分である。

「まったく、厭ですよねぇ」

お甲が言い、龍之助の横顔を怒ったように見つめた。

「ま、そうだろうが」

龍之助は苦笑しながら返した。

半刻（およそ一時間）足らずで三人は帰って来た。

岩太が興奮気味になっていた。

又左が島田屋のあるじに意を含み、用事をつくって件《くだん》の武士を掛行燈の灯る廊下に出し、隅の暗闇から岩太が目を皿にしたのだ。

割烹の紅亭の座敷に入るなり、岩太は言った。

「間違いありませぬ。武藤さまでございます」

「よし。俺と左源太とで殺る。おめえらは手を出すんじゃねえ。ただし、町が起きぬよう手配りは頼むぞ」

「承知」

龍之助が言ったのへ一ノ矢が返した。

「あら。あたしもですよう」

お甲が不満そうに言い、素早く自分の部屋に戻り、出てきたときには色柄の絞り袴《しぼりばかま》に袖《そで》の細い筒袖《つつそで》を着込んでいた。軽業《かるわざ》の衣装だ。

龍之助は左源太に挟箱を開けさせた。鉄板入りの鉢巻に鎖帷子《くさりかたびら》、手甲脚絆《てっこうきゃはん》が入っている。

「へへ。ちゃんと忘れずに入れておきやしたぜ」

左源太は房なしの十手を取り出した。

四　定信の道

一

石段下の紅亭の部屋には、大松の弥五郎と一ノ矢だけが残った。
現場となる島田屋が縄張内《しまうち》であれば、貸元の一ノ矢がわざわざ出向くこともない。
それに、
「――おめえらは手を出すんじゃねえ」
龍之助に言われている。
さきほど女将が熱燗の徳利を盆に載せて来て、酌をして部屋を出たばかりだ。
一ノ矢がそれを飲み干し、手酌でお猪口《ちょこ》にそそぎながら、低い声で言った。
「分からねえ。松平の屋敷にそんな非道《ひで》え侍がいたのなら、どうして鬼頭の旦那は松平に始末をつけさせねえで、ご自分で殺《や》ろうとなさるのか……」

　さきほどから感じていた疑問である。

「ふふふ。分からねえかい、兄弟」

　弥五郎も空《から》になったお猪口を、手酌で満たした。

「おめえ、分かるのかい」

「分かるさ。そこがかつては俺たちとおなじように、世間に背を向けていなすった鬼頭の旦那よ」

「どういうことだい」

「ふふふ」

　弥五郎はお猪口を口に運び、

「あの旦那は松平の殿さんに、わしら町場の者の不気味さを植え付けようとなさっているのさ」

「ふーむ」

　一ノ矢は得心したようにうなずき、

「どのように、お殺りなさるのかのう」

　低く言い、またお猪口を口に運んだ。

秋は深まっており、夜になればけっこう冷え込む。

龍之助と左源太、お甲、それに伊三次と又左、そこへ岩太を加えた一行は、大門の大通りを向かいの本門前一丁目に向かっている。

「ハアクション」

龍之助が大きなくしゃみをし、

「あはは、武者震いだ」

笑いながら言った。龍之助は鎖帷子に手甲脚絆、さらに鉢巻にたすき掛けの、昨夜とおなじ打ち込み装束だ。龍之助は朱房の十手を持っている。お甲は軽業衣装にたすきを掛け、左源太はいつもの職人姿に房なし十手を手にし、片方には御用提灯をかざしている。龍之助は腰の物は刃引ではなく大小とも真剣を差し込んでおり、お甲の帯には手裏剣があり、左源太の腹掛の口袋には分銅縄が入っている。武器としての十手は必要ない。だが、龍之助も左源太も手にしている。

そこには龍之助の思惑があった。

(門前町といえど、十手が入るのを常態化するぞ)

弥五郎や一ノ矢と懇意であっても、やはりそこは奉行所の同心なのだ。

岩太は中間姿で鉢巻たすき掛けで、腰には木刀の代わりに伊三次に借りた脇差を差し、星梅鉢《ほしうめばち》の家紋が入った弓張提灯を手に、黙々と一行についている。

紅亭の座敷で、

「――おまえは残れ」

龍之助は言った。すでに一端は見せているが、無頼と一体となった昵懇《じっこん》ぶりをあまり見せたくなかったのだ。見せれば、岩太は加勢に報告するだろう。口止めはできない。中間としての義務である。だから岩太は、加勢の信頼を得ているのだ。加勢も、それを岩太に期待しているのだ。

岩太は肯《き》かなかった。

二、三の押し問答で、左源太の取りなしもあり、龍之助は同行を許した。

（かえって、いいかもしれない）

判断したのだ。

暗く広い空洞に提灯の火が揺れ、伊三次と又左の雪駄の音のみが聞こえる。戦い衣装の面々は、足元も足袋《たび》に草鞋《わらじ》の紐をきつく結び、ほとんど音がしない。

一同の足は大門の下に来た。

「それじゃ鬼頭さま、ちょいと見てきやす。さあ、兄弟《きょうでえ》」

「おう」

又左は本門前一丁目の町並みに向かって走り、伊三次がそれにつづいた。二人とも袷《あわせ》の着ながしでぶら提灯を手にしている。すでに夜四ツ（およそ午後十時）を過ぎ、本門前一丁目も大通りに面したところに灯りはなく、黒く家並みの輪郭が感じられるのみで、枝道にも灯りはわずかに点在するばかりとなっている。

二つの提灯の灯りは、その枝道のなかに吸い込まれて行った。

又左が走ったのは、島田屋のおやじに因果を含み、一家の若い衆を周辺に配置し、派手な物音に近辺が驚き野次馬が出てきたなら、

『へい、なんでもございやせん。お引き取りを』

と、おだやかに押し返し、町の平穏を保つためである。

伊三次はそれの見とどけ人ということになろうか。

二

朱色の見上げるばかりの大きな門だ。この大門が増上寺の寺域と門前の町場との境となっている。

太い柱の陰に身を潜め、左源太と岩太は弓張提灯を袖で覆った。

又左の準備がととのえば、伊三次が知らせに来ることになっている。

大通りはまったくの闇の空洞となり、話をするにも声を殺す必要もない。

左源太が口を開いた。

「おい、お甲。おめえ、将監橋《しょうげんばし》じゃ勝手な真似をして格好つけやがったが、こんどは先走るんじゃねえぞ」

「あら、あたし。あのとき龍之助さまの思っているとおりに、手裏剣を打ち込んだだけよ」

「なに言ってやがる。そんなこと、筋書にはなかったぜ」

「ほら、ご覧なさい」

「あはは。大筋の策さえ踏まえておれば、とっさの判断で動くことも大事だ」

「てやんでえ。ま、こんどは野郎が逃げ出しゃあ、俺の分銅縄でまっさきに足をすくってみせるぜ。岩太、期待していろやい」

「…………」

岩太はさっきから黙したままだ。緊張している。無理もない。さきほど所在を確認した屋敷の家士を、殺害しようというのだ。

「しーっ。戻って来たぞ」

龍之助が叱声を吐いた。

黒い家のならびから提灯の灯りが走り出てきた。

伊三次だ。

「おう。どうだった」

「へい。とどこおりなく」

「よし。行くぞ」

「はい」

返事は岩太だった。明るくなった。伊三次のぶら提灯だけでなく、岩太と左源太が弓張提灯をかざしたのだ。

走った。

武藤三九郎は今宵、泊り客になっている。走る必要はない。むしろさりげなく歩を進めるほうが得策だ。

だが、先頭に立ったのは岩太だった。その岩太が走っている。

(野郎、焦りやがって)

左源太は岩太の意を解しているのか、あとを追う。二人とも又左の案内でさきほど島田屋へ行ったばかりで、道順は知っている。しかも二人の手にあるのは、持って走るのに至便な弓張提灯だ。

「待ちねえ、待ちなせえ」

ぶら提灯の伊三次が追う。

岩太を最初に島田屋へ飛び込ませるわけにはいかない。龍之助も走らざるを得なかった。そのあとにお甲が、

「龍之助さまア、待ってエ」

言うものの着物ではなく絞り袴だから、夜でも男たちに引けは取らない。

町の中に入り、なおも走る。

走りながら、龍之助は角々に人の気配を感じた。又左が手配した、一ノ矢の若い衆だ。差配しているのは又左だ。

「えっ、どういうことでえ。違うぜ」

又左は、島田屋に近い物陰でつぶやいた。

神明町の紅亭での鳩首《きゅうしゅ》では、

「――粛々と島田屋へ向かう」

ことになっていたのだ。

一行がそっと島田屋に入れば、妓《おんな》はあるじの合図で、

『ちょいとご不浄へ』

と部屋を出る。

武藤三九郎が一人となったところへ、龍之助が打ち込むことになっていたのだ。部屋に悲鳴はなく、周囲に気づかれることもない。左源太の分銅縄とお甲の手裏剣は、武藤に気配を察知され、逃げ出したときに真価を発揮することになるだろう。だから左源太は大門の下で〝野郎が逃げ出しゃあ〟と言っていたのだ。

なおも岩太は弓張提灯をかざして走っている。

声を上げて呼びとめることはできない。

これがもし、まだ軒端《のきば》に軒提灯がずらりと出ている時分だったなら、一帯はたちまち人が出て騒ぎになっているだろう。御用提灯に十手が走り、打ち込み装束の同心がつづいているのだ。

走りながら伊三次が言った。

「旦那！　その先を曲がりゃあ、島田屋ですぜ」

「えっ」

龍之助は焦った。

曲がった。一軒だけ雨戸が一枚開き、灯りが洩れている。又左の差配だ。島田屋である。策はすでに破綻《はたん》している。

龍之助はついに声を上げた。

「左源太、打て！」

「えぇえ？」

岩太に打ち込むなど、戸惑わざるを得ない。

しかも、すでに遅かった。

雨戸は開いていても、内側の腰高障子は閉まっている。

――ガシャ

岩太は蹴破り、屋内に飛び込んだ。

左源太は分銅縄を手にしたまま、つづいて入った。

岩太はすでに土間から板の間に飛び上がっていた。かなり広い板の間だ。そこには行灯《あんどん》の灯りがあり、岩太も左源太も弓張提灯をかざしている。明るい。

「打つのだ」

再度の龍之助の声に、左源太は土間から、奥への廊下へ走り込もうとする岩太に分銅縄を打ち込んだ。二尺（およそ六十糎《センチ》）か三尺（およそ一米《メートル》）ほどの縄の両端に握りこぶしほどの石を結びつけている。この飛び道具で左源太は甲州の山中で、向かって来る猪や逃げる鹿の足にからませて転倒させていた。

だが屋内で、しかも反動をつける余裕もなかった。さらに左手には御用提灯を持っている。

しかし岩太は左手に提灯、右手で脇差を抜こうとしていた。不安定でただでさえ足がもつれそうだ。

強くはなかったが石が廊下に音を立て、縄が岩太の足にからみついた。

「うわわわっ」

岩太は態勢を崩した。

ここまで音が立てば、部屋の中でも気づかぬはずがない。武藤三九郎は最初の腰高障子の破壊音で妓を突き放し、飛び起きていた。さらに廊下を走って来る足音だ。寝巻を引っかけるなり、さすがに手練《てだれ》の武士か床の間の大刀を引っつかみ、襖《ふすま》を蹴り開け廊下に飛び出した。

「おぉおっ」

そこに見たものは弓張提灯に浮かぶ星梅鉢の紋所である。さらにその背後には御用提灯ではないか。

武藤の目にはそれら提灯の背後に、松平家の家士や町方が多数詰めかけているように映った。実際、龍之助とお甲、伊三次がすでに板の間に飛び上がっている。行灯の灯りまでが御用提灯に見える。

手前のほうで均衡を崩した岩太が、弓張提灯の取っ手を握っているのが精一杯で、脇差を抜いて斬りかかるどころかその場に崩れ込もうしていたのは幸運だった。

武藤に抜き打ちの得意技があっても、距離があった。

刀を手に、

「屋敷めっ、町方とつるみやがったか！」

叫ぶなり身をひるがえし、廊下の奥へ走り込んだ。

暗がりだ。

「うおおっ」

声とともに、

――ガシャ

器物の壊れる音がした。

「左源太、岩太、照らせっ」

龍之助が十手をふところに収め、刀に手をかけ追おうとしたところへ、

「旦那！　この奥は勝手口です。こちらへっ」

板の間に飛び上がって来たのは又左だった。異変を感じ、若い衆を率いあとを追ったのだ。

「左源太さんもお甲さんも！」

入って来た玄関口の外へいざなおうとする。

「おう」

逃がしてしまった。闇雲《やみくも》に追うより、土地の者に従ったほうが得策だ。

「左源、お甲、つづけ！」

「はいっ」

「岩！　来るんだっ」

又左とともに外へ飛び出た龍之助にお甲がつづき、さらに左源太が片手に御用提灯を持ったまま岩太の腕をつかみ、強く引っ張った。

「ああぁぁ」

岩太は無念とも恐怖ともつかぬ声を発し、弓張提灯を離さず左源太に従った。夜戦になれば明かりの使い方がなによりも大事なことは心得ている。岩太は極度の興奮から正気に戻ったようだ。

土間に入っていた伊三次も、素早く一同につづいた。

「こちらへ！」

又左はさらにいざなった。ぶら提灯を手にした若い衆一人を随えている。

伊三次が要請のない限り手も口も出さないのは、他人の縄張《しま》に入ったときの、貸元一家の仁義である。

又左は島田屋の店先から、ぶら提灯を持った若い衆を先頭に立て、暗がりのほうへ走り出した。

目に見えぬところに、なにやら動きが感じられる。

野次馬などではない。

「どこへ！」

「手配はしておりやす！」

龍之助の問いに又左は走りながら返した。

背後に弓張を持った左源太と岩太にお甲、さらに伊三次がつづく。

「左源の兄イ、俺、とんでもねえことを」

「言うな。いまは又さんにつづくのだ」

走りながら背後で岩太と左源太の言っているのが聞こえる。

「ここです。すぐ出て来まさあ」

「えっ」

又左は言うが、龍之助には意味が分からなかった。

だが、

「そうか」

と、伊三次は又左の意図を解したようだ。

広い門前町の町場と広大な増上寺の寺域を分けるように、おもての街道に匹敵するほどの幅広い通りが一筋ながれている。片側に寺の白壁がつづき、通りをはさんで向かい合うように町家がつづいている。

そこに面した家々はさすがに増上寺への遠慮か、茶店はあっても白粉や酒の香がただよう店はない。昼間でも人通りは少なく、火灯《ひとも》しごろを過ぎると人影はなくなり、ときおりぶら提灯の灯りが揺れるばかりとなる。

この往還を南へ進み、白壁の絶えたところが新堀川の将監橋となる。

闇の空洞の向こう側に増上寺の白壁がながれ、壁の内側の僧坊の輪郭が黒くうっすらと見える。

「狸の燻《いぶ》り出しでさあ」

「兄イッ、出て来やしたぜ！」

又左が言うのへ左源太の声が重なった。

「おっ」
二、三間（およそ五米）ほど先の枝道から飛び出て来た影は、明らかに寝巻を肩に引っかけただけの、抜刀した武藤三九郎だった。
屋内の状況を察知した又左は、すぐさま手下《てか》の若い衆を島田屋の裏手に走らせていた。勝手口から飛び出て来た不逞《ふてい》の輩《やから》を、増上寺の白壁に沿った往還に追い出すためだった。

板戸を体当たりで破り、路地に立ったものの、

「――おぉぉぉ」

武藤は戸惑った。片方に提灯の灯りが……。

本能だった。暗闇のほうへ走った。

角に出た。

また片方に提灯の灯りが……。

「いたぞ！　あそこだ！」

威嚇するように叫ぶ者もいる。

影は暗いほうへ走った。

出た。

広い。

増上寺の白壁に沿った往還だ。

「追えーっ」

「おーっ」

走り出した龍之助へまっさきにつづいたのは岩太だった。

さらに左源太とお甲が走る。

「な、な、なに!」

いきなり暗い空洞に飛び出した武藤はまたもや棒立ちになり、その目に映ったのはさきほど島田屋で見たばかりの星梅鉢と御用の火灯《ひあか》りである。

それらが突進して来る。

「おおぉぉ」

闇に向かって逃げ出した。

「左源太! 打て!」

「へいっ」

提灯の灯りに影は見える。

走りながら左源太は腹掛の口袋から分銅縄を引っぱり出し、

「いよーっ」

投げた。

反動をつけるいとまはなかった。

だが、広い。さっきの屋内より威力はあった。

「わわっ」

足にからみついた。武藤はたたらを踏み、抜き身の刀を振りまわし前のめりに倒れそうになった。

「岩！　危ないぞ」

龍之助は岩太を制し、突進した。

さすがは武藤か、それともたたらを踏んだのがかえってよかったか。背後より迫る風に向かい体勢を立て直していた。

龍之助は飛び込んだ。だが、左源太と岩太の灯りを背にしている。龍之助自身の影が一瞬、武藤の姿を闇に消した。

――キーン

硬い金属音が響いた。

龍之助の抜き打ちを、武藤は防いだ。

しかし、

「ううっ」

龍之助の刀の切っ先が、武藤の左腕をかすめていた。昼間なら、裂かれた寝巻の袖にみるみる血のにじむのが見えるはずだ。

その手応えを龍之助は感じ取っていた。

つぎには龍之助がたたらを踏み、向き直った。

囲んでいた。

暗い空洞のなかで龍之助に左源太、お甲、岩太の四人が、武藤三九郎を四方から囲んでいるのだ。

武藤は裸足《はだし》で寝巻を引っかけただけだが、囲む四人は戦い装束である。左源太は新たな分銅縄に弾みをつけ、お甲は手裏剣を構えた手を頭の上にまで上げ、岩太は脇差を抜き、すぐにでも提灯を打ち捨て突進できる体勢になっている。それらの姿を左源太と岩太の弓張が、闇に浮かび上がらせている。

動く影は他にない。又左と伊三次、それに一ノ矢の若い衆が角々の物陰に身を潜めている。ただ潜んでいるのではない。野次馬や酔客がふらふらと出て来ないように、見張っているのだ。

島田屋の近くでも、騒ぎはほんの瞬時であったが気づいた者もおり、数人が寝巻のまま往還に飛び出ていた。

「なんでもありやせん。さあ、お戻りを」

と、すぐさま一ノ矢の若い衆が押し戻していた。

寺の白壁に沿った往還の一角を除いては、町は平穏な夜を送っている。

三

「うーむむ」

武藤三九郎はうなり、ぐるりと周囲を見まわした。

「ん？」

多数の捕方が出ていたのではないことに、ようやく気がついたようだ。

それに、

「お、おまえは中間の……」

星梅鉢をかざしているのが、屋敷で見覚えのある中間であることにも気づいた。

「ううううっ」

うなり声をあげたのは岩太のほうだった。いまにも飛び込みそうな雰囲気だ。

龍之助の策は根底から狂ったのではない。

――対手の動きを封じる
その目的は、完璧なほどに達成されている。

息の根をとめる前に、松平家横目付であった武藤三九郎に、

『何故《なにゆえ》』

言い分を訊きたかったのだ。

龍之助は刀を構えたまま、低い声を投げた。

「見れば分かろう。正規の捕物ではない」

「ふむ」

武藤は得心のうなずきを見せ、

「わしを、闇に葬るためか」

「いかにも。松平家にも奉行所にも、そのほうが都合よいでのう」

龍之助は返し、

「訊きたい」

「なんなりと」

　さすがは横目付だけあって、理解は速かった。覚悟を決めたようだ。だが、こうした者こそ危険……。

（道連れを）

　思うはずだ。

　腕から血をしたたらせながらも、刀を捨て身の下段に構えているのはその証拠ではないか。

　龍之助は正眼の構えのまま踏み込まず、

「取り締まるべきそなたが、何故」

「ふふ、ふふふ」

　弓張提灯二張《ふたはり》の灯りのなかに、武藤は不気味に嗤《わら》った。

「なにがおかしい」

　龍之助は一瞬思った。

　神明町の賭場の容認を、

（知られているのか）

そうではなかった。

武藤は言った。

「そなた、町方であるな」

「いかにも」

「ならば解していよう」

「なにを」

「昨今の取り締まり、いつまでつづくと思うか」

「うっ」

龍之助は返答に躊躇《ちゅうちょ》した。

そのすき間を武藤は埋めた。

「長くはないぞ」

「えっ」

「ふふ。驚くことはない」

言う武藤の顔を、龍之助はのぞき込むように見つめた。あの奥州無宿三人に似て不敵な面に締まりがうかがえる。

「驚いてはおらぬ」

「ならば解るはず」

武藤は大きく息を吸い、

「この時節に逼塞《ひっそく》しておる与太どもは、ご政道の箍《たが》が緩《ゆる》んだとき、そのまま穏やかに息を吹き返すと思うか」

「うっ」

龍之助は一瞬ひるんだ。

思えない。勢力の弱まったところは、いち早く息を吹き返した者どもの草刈り場となり、裏社会は秩序を乱し世の不安を呼ぶことになるだろう。

声は、物陰の伊三次と又左にも聞こえていた。

闇の中に、二人はうなずいていた。

武藤はつづけた。

「そのときを思い、俺がいまのうちに裏社会へ根を張り、世が元の田沼さまの時代に戻るとき、波風の立たぬようにするためだった」

「ふむ」

龍之助はうなずいた。

肯是《こうぜ》したのではない。

奥州無宿の三人も、茅場町の大番屋で言っていた。

「――こんなご時世、いつまでもつづくか。そのための用意をしているだけだぜ」

その言葉が、脳裡によみがえってきたのだ。

それだけではない。

以前、似たのがいた。北町奉行所の与力・田嶋重次郎と隠密廻り同心・佐々岡佳兵太だ。緑川の甚左なる相撲取り上がりの与太をうまく使い、江戸中の賭場を支配下に置こうとした。

(許せぬ)

武藤の言葉に龍之助は、かつての田嶋や佐々岡に対するのとおなじ嫌悪を覚えた。

「ふふふ、武藤三九郎……、なにが〝田沼さまの時代〟だ。いかなる理屈をこねようと、所詮は下種《げす》の野望ぞ」

龍之助には、武藤が理屈を述べるのに〝田沼さま〟の名を出したことが、さらに許せなかった。

「三人の奥州無宿を斬ったは、口封じか」

龍之助が言ったのへ、岩太が一歩前ににじり出た。

武藤の刀がそのほうに向けられた。

岩太の身は硬直したようにとまり、武藤はふたたび龍之助に身を向けた。

「あの者たちも憐れよ。白河の在でご政道ゆえに喰いつめ、江戸へ出てきたのが俺の網にかかった。憐れゆえ、目をかけてやったさ」

「おのれの野望のためにか」

「ふふ。野望と言いたければ言え。あの三人、やがては俺の差配で江戸の裏社会に名を成すはずだった。だが、頓挫するのが早すぎた。露顕《ばれ》た以上、どうせ打ち首になる身だ。それを早めてやっただけよ」

「ぬぬっ」

果たして身勝手な言い分に、周囲は凍てついた。同時に、押さえていた怒りが熱湯の噴きこぼれんばかりに高まった。

動いた。

「きぇいっ」

提灯二帳の薄明かりのなかに走った甲高《かんだか》い声、お甲だ。左源太の声が重なった。

「おめえ、また！」

「うっ」

武藤がうめき、その身がぐらりと揺れた。

お甲の打った手裏剣が、武藤の右肩に刺さったのだ。

「たーっ」

龍之助が飛び込んだ。

──カキン

金属音だ。

武藤の手から離れた刀が地に落ちた。

龍之助は叫んだ。

「岩太！　討て！」

「うおーっ」

岩太は手の提灯を打ち捨てるなり両手で脇差を握り締め、揺らぐ影に向かって突進した。このとき岩太は叫んだ。

「久助《きゅうすけ》のかたきーっ」

「うぐっ」

岩太の体当たりを受けとめた武藤の身は、地に落ちめらめらと燃え上がる星梅鉢の火に照らされ、ずるずると崩れ落ちた。

岩太の刺し込んだ脇差は、切っ先が背から腹へと貫いていた。

武藤の身はうつ伏せに倒れたまま、まだひくひくと動いている。

岩太は脇差から手を離し、駈け寄った左源太の御用提灯の灯りのなかに、動く武藤の身を見下ろし、つぶやいた。

「幼馴染だった」

龍之助は理由《わけ》の分からないまま、岩太の動きは止めがたいと覚ったのだ。岩太が叫んだ〝久助〟なる者……松平屋敷の裏門外で刺殺された、轡取《くつわと》りの中間であることを解した。同時に、さきほどらいの岩太の異常な行動にも合点がいった。

「見事だった」

言うと龍之助は、武藤の背に足をかけ、脇差を引き抜いた。その身の動きはぱたりととまった。

お甲も身をかがめ、死体の肩に刺さったままになっていた手裏剣を抜き、その寝巻で切っ先をぬぐった。

「終わりましたか」

物陰から又左がぶら提灯を持った若い衆を随え、出て来た。伊三次も一緒だった。

「おう、又左。見てのとおりだ。あとをよろしく頼むぞ」

「へい。紅亭で打ち合わせたとおりにでやすね」

「そうだ。一時はどうなるかと思ったがな」

「おい。死体をさっき言ったとおりにかたづけろ」

「へいっ」

ぶら提灯の灯りが揺れ、いそぐように枝道へ消えた。

町場には島田屋の周辺はもとより、一帯に野次馬は見られず、なんら騒ぎにはなっていなかった。

周辺の角々に、一ノ矢の若い衆が立っている。

さきほどのぶら提灯が一巡すると、それらが一斉に動き出した。

四

星梅鉢の提灯は燃えてしまった。

左源太の持つ御用提灯の灯りを頼りに、人影のまったく絶えたなか、戦い装束の四人は左門町へと引き揚げている。

しかし、龍之助の戦いはこれで終わったわけではない。

むしろこれからが、鬼頭龍之助にとっての本番なのだ。

だが暗い町の中に、一仕事終えたとの安堵感はある。

「岩太よ。おめえ、おなじ国者《くにもの》の仇討ちだったのだなあ」

落ち着きを取り戻した、左源太の声がながれた。四人の足は、大門のある暗い空洞に出たところだ。

「なぜ黙っていたんだい」

「みんなに、迷惑をかけないようにと思って」

「ははは。それが迷惑だってんだ。でもよ、危なかったぜ。島田屋の廊下よう」

「あのときは危なかったなあ」

左源太が言ったのへ、龍之助がつないだ。

島田屋の廊下で左源太の分銅縄を受けず、そのまま突進していたなら……。岩太は間違いなく、武藤の抜き打ちを受けていただろう。

背後から武藤の背を刺し貫いた脇差は、すでに伊三次に返している。いま岩太は手ぶらだ。歩きながらこくりとうなずき、背筋をぶるると震わせた。

「それに、お甲」

と、左源太は二度も分銅縄を打ち込む機会に恵まれ、いずれも大きな効果を上げたのだから気をよくし、冗舌になっている。

「おめえ、またやりやがったじゃねえか。兄イの指示もねえのに刃物を打ち込みやがって」

「なによ」

武藤の言い分に怒りを募らせ、思わず背に手裏剣を打ち込んだことだ。

「あらら。あれも龍之助さまの意を先読みしたからじゃないの。あたしには分かるんですよう、それが」

「そうだなあ。あれで流れが変わったからなあ」

「ほら、ご覧な」

「てやんでえ」

また左源太がふてくされ、

「おっと、ここはもう神明さんの通りですぜ」

四人の足は石段下の紅亭の前まで来ていた。

紅亭の座敷では、大松の弥五郎と一ノ矢が待っていた。

「さすが一ノ矢の代貸だ。見事な差配で、おかげでなんとか進んだぞ」

礼を言う龍之助の言葉が、とおり一遍のものでないことは、その表情からも左源太らのうなずきようからも分かる。実際、又左の素早い動きがなければ、武藤三九郎に逃げられ、その後の捕物で増上寺門前は騒然となっていたかもしれないのだ。

「なあに。中心になるお方が、鬼頭さまだったからでございますよ」

「あはは。そのとおりだぜ、増上寺の」

一ノ矢が言ったのへ、弥五郎がつないだ。

龍之助らが戦い装束を解き、一息入れてからだった。

伊三次が一ノ矢の若い衆と一緒に帰って来た。

もうそろそろ子《ね》の刻（午前零時）に近い時分となっている。

「あとの始末、滞りなく済みやしてございます」

と、又左の差配を見とどけてきたようだ。

龍之助は深呼吸をし、

「さあ、あしたは早いぞ」

言うとその場でごろりと横になり、仮眠に入った。

「んもう」

お甲がまた鼻を鳴らした。奥の自分の部屋に泊めるつもりだったようだ。

紅亭の玄関では、伊三次と一緒に来た若い衆が一ノ矢の足元を照らし、それを弥五郎と伊三次が見送った。

「まったく、得体の知れねえお方だぜ。死体の始末にもみょうな指示を出されてよ」

「わしにだって、まだまだ分からねえところがあらあ。なにを考えておいでなのか」

玄関で一ノ矢が言ったのへ、弥五郎は返していた。

(あのお人、なにか秘めておいでだ)

弥五郎もときおり感じることがある。だが、思考はその先へは進まない。左源太もお甲も、そこにはまったく知らぬ風を決め込んでいるのだ。


翌朝、龍之助が言ったとおり、自身も含め左源太も岩太も起きたのはまだ外が暗いうちだった。

お甲が手燭を持ち座敷をのぞいたとき、

「あら、皆さん。お早いことで」

と、三人は行灯の灯りのなかですでに身なりをととのえていた。龍之助は挟箱に入れてあった着ながし御免の黒羽織に着替え、左源太と岩太はいつもの職人姿と中間姿に戻っている。

「増上寺じゃ、そろそろ小坊主さんたちが、竹箒《たけぼうき》を持って出てくるころですよ」

言いながらお甲は持ってきた箒をそっと廊下に置き、手燭をかざし座敷に入った。

まだ寝ていたら箒で叩き起こすつもりだったようだ。

「さあ、手筈どおりだ。左源太、行け。十手を忘れるな」

「忘れるもんですかい。昨夜は持ち腐れになりやしたがね」

と、左源太は十手を手に腰を上げ、お甲が手燭を持って案内に立った。

廊下に出て箒につまずき、

「おっ。なんでえ、これ」

「いいから、いいから。早く」

お甲は急かした。

座敷では龍之助が岩太に言っていた。

「まったくおめえの動きには驚いたぞ。あの横目付に殺された轡取《くつわと》りの中間、久助というのか」

「はい」

「おまえとおなじ国者だってこと、屋敷の者は知っているのか」

「中間仲間は知っておりますが、私が仇討ちをしようなどとは、誰にも話しておりません。それに、中間にも在所は違っても白河の国者はいっぱいおりますで」

「ふむ、それでよい。しゃべるんじゃねえぞ」

「はい」

岩太は返した。

仇討ちは武士にのみ許されることであり、奉公人の中間に許されるものではない。ましてて国者というだけでは理由にもならない。武藤三九郎を刺し貫いたことを、岩太は屋敷で誰にも言わないだろう。言えば〝殺し〟の自白になる。

龍之助が岩太に仇討ちを許したのは、とっさにその場の空気を読んだからだった。だからいま、〝しゃべるな〟と念を押している。

だが、

（岩太は正直者だ）

龍之助は岩太に対して常々思うとともに、

（隠し事はしても、嘘のつけない男）

そう看《み》ている。

いま左源太を物見《ものみ》に出し岩太を手元に残したのも、そうした岩太への配慮だった。岩太は屋敷に戻れば、大番頭の加勢充次郎にこの二日間のことをすべて話さなければならない。だが、脇差で武藤を刺し貫いたことは伏せるだろう。しかし、それ以外は正直に話すはずだ。そのとき、話しやすい環境を岩太につくってやっているのだ。

廊下に足音が聞こえ、

「左源の兄《あに》さん、十手を手に張り切って行きましたよ」

と、お甲が戻って来て、部屋に入ると手燭の火をふっと吹き消した。廊下はまだ暗いが、部屋では明かり取りの障子がいくらか白みはじめている。

あとの段取りは、左源太が戻って来るのを待つことだった。

五

「へへへへ」

十手で片方の手の平をぴしゃりぴしゃりと打ちながら、上機嫌で左源太は家々のならびが見えはじめたなかに歩を進めている。

龍之助から御用の手札をもらって以来、

——十手にものを言わせる

のは、これが初めてだ。

足は昨夜往復した大門の大通りに出た。あたりは急速に明るくなってきているが、まだ朝の豆腐屋や納豆売りなど棒手振《ぼてふり》の姿はない。朝もやのなかにそれらが出てくる日の出の時分には、まだ少しの間がある。昨夜、身を潜めた大門の周辺である。

だが、人の動きはある。

大門の向こう側には、全国から集まった浄土宗の学生《がくしょう》たちの僧坊が立ち並んでいる。学生たちが日の出前から白い衣で境内《けいだい》はもとより、寺の周辺をも掃き清めるのは日課であり、大事な修行の一環である。お甲が〝そろそろ小坊主さんたちが〟と、言ったのはこのことだ。

「ほう。出ている、出ている」

左源太はつぶやき、それを横目に本門前一丁目の町場に入った。

まだ人通りはない。とくに門前町では火を熾《おこ》す煙が立ちはじめるのは、日が昇ってからとなる。

昨夜の現場近く、又左と伊三次が潜んでいた角に立ち、寺の白壁に沿った広い往還に視線をながした。

「さすがだ」

十手を手につぶやいた。

血は飛び散ったはずだ。

「ない」

地面に、その染みさえ見当たらないのだ。土ごと持ち去り、新たに別の土をかぶせて踏み固めている。朝の棒手振が通っても気がつくことなく、踏み固めの一役を担うだけだろう。

昨夜龍之助が又左に〝よろしく頼むぞ〟と言っていたのは、このことだった。いかなる事件があっても、

――痕跡を残さない

いずれの門前町においても、そこを仕切る貸元一家の大事な仕事なのだ。それによって、門前町は何事においても町奉行所の関与を防いできたのだ。それを龍之助が土地の者に差配しているのだから、神明町を含め増上寺の門前も奇妙に均衡が取れた町というほかはない。

あたりは日の出近くで、すっかり明るくなっている。

左源太は視線を寺の白壁のほうへながした。

「ほう」

うなずいた。

ときおりあることだ。酔っ払いが壁にもたれかかって寝ている。冬場ならそのまま凍死していることもある。

それが寺域なら、当然寺社方の管掌となる。

だが、外で壁にもたれかかっているのは、さてどっち。微妙なところだ。町の自身番とお寺の納所《なっしょ》とで揉めることがある。

身元のはっきりした者なら、

「――このホトケ、少しでも寺に頼りたいとの思いがあったのじゃろ」

と、寺がさっさと引き取る。遺族から死体引き取りと同時にお布施が入る。

流れ者や貧乏長屋の住人だったなら、

「――さあ、町でねんごろに弔《とむら》いなされ」

と、自身番扱いにされ、長屋への連絡や身元調べ、無宿者なら無縁仏にする費用など、すべて町の出費となる。それが不審な死に方などであれば町方も出張って来て、その接待も町の費消となり、町場は踏んだり蹴ったりとなる。

「ほう、ほうほう」

左源太はまたうなずいた。

さっきまで大門の周辺に動いていた小坊主たちが、白壁の往還のほうへ出てきた。気がついたか一人が指をさし、四、五人が竹箒を持ったまま走りだした。

左源太の潜んでいるすぐ近くだ。

「わぁっ」

「こ、これは」

小坊主たちは驚きの声を上げ、さすがは僧侶の見習いか竹箒を下に置き合掌し、そのなかの一人が白衣の裾を乱し、山門のほうへ走った。

足を地に投げ出し、背を壁にもたせかけ、首ががくりとうなだれている。

しかも寝巻一枚を肩にかけただけの姿で腹に傷があり、血が滲み出ている。髷は侍のようだ。刀はない。

（さあ、早く。まだですかい）

左源太は念仏でも唱えるように心中につぶやいた。

「左源太さん」

不意に背後から声をかけられた。

ふり返り、

「あ、又左さん」

「あれでよろしゅうござんすかい」

若い衆を一人ともなっている。

龍之助が昨夜、又左に依頼し、伊三次が見とどけたのは、まさにこれだった。

――武藤三九郎の死体は消さずに、増上寺の壁にもたせかけておけ
「さすがあ」

左源太は又左に返した。

地面に血の一滴もなければ、どこから運んだか見当はつかない。そこに差し料もなければ、身元を知る手がかりは、顔を知る者が偶然いた場合に限られる。

「もう少し見ていやしょう」

「おう」

又左が言ったのへ左源太はうなずき、ふたたび視線を白壁のほうへ向けた。

小坊主たちがかがみ込み、あるいは立ったまま死体を囲んでいる。

「おっ。来やしたぜ」

「ふむ、間違いない。納所さんだ」

山門のほうから小坊主に急かされ、一人の墨染《すみぞめ》が白壁を背景に裾を乱している。

「これこれ、そう急《せ》くな」

苦しそうに言っているのが聞こえる。

納所とは事務方の僧侶で、祭礼のときの打ち合わせなどで、本門前一丁目の代貸とは当然面識があり、町場の者も〝納所さん〟と呼んでいる。

「へぇえ、あれが増上寺の納所さんですかい。ずいぶん歳のようだが」

「そうさ。相当な手練《てだれ》でなあ」

「へへ。かえって都合がようござんすぜ」

話しているうちに、小坊主に急かされた納所がようやく現場に近づいた。

「あぁっ、納所さん。ここ、ここ」

「死んで、死んでいますじゃあ」

囲んでいた小坊主たちが口々に言い、

「それも、殺されたような」

「ええぇ！」

現場に走り来た納所は驚き、腰をかがめ背のほうも検《あらた》めた。白壁に血が付着している。肩の傷にも気がついたようだ。

「うーむ」

迷っているようすが、町家側の物陰からも看《み》て取れる。

髷は侍だが、寝巻一枚では身分など判らない。しかも殺されたあとが歴然としている。町場の自身番に知らせるか、寺で引き取るか……。

「いまだ。行きやしょう」

又左が物陰から出て左源太もそれにつづき、若い衆も随った。

「朝からなんでござんしょうかねえ。え、それは」

「おぉ、これは町場の又左さん。いいところへ」

又左が声をかけたのへ、納所はホッとしたように腰を上げた。町場の自身番へと思ったようだ。

そこへ左源太が、

「行き倒れですかい。お、この顔」

身をかがめ、

「ふむ。間違いありやせん。また、どうしてこのお方が」

「えっ、そなた。このホトケを知っておるのか」

納所は乗ってきた。

「知っているもいないも。昨夜この町でなにやら喧嘩らしきものがあったと聞いて、こっちの代貸さんの案内で、わざとこの格好で早朝の見まわりに来たのでやすがね。まさかこのお方が。あぁ、あっしはこういうもので」

左源太は言いながら職人姿の腰を上げ、ふところにしまっていた十手をおもむろに出した。

ちょうど太陽が昇ったところだが、場所柄であろう、野次馬の集まらないのがさいわいだった。

「えっ。奉行所の手の人でしたか」

納所はにわかに態度をあらため、

「で、この侍。ご存じのようだが、いずれの？」

「大きな声じゃ言えやせんが、ほれ、幸橋御門内の松平さまのご家中で。それも身分のあるお方で、確か武藤さまとか」

松平姓の大名家は他にもあるが、〝幸橋御門内の〟と言えば、老中首座の松平定信であることは誰にでも分かる。

しかも増上寺は将軍家の菩提寺だ。

そこが龍之助の狙いだったのだ。

「えっ。松平さまの！」

納所は驚きの声を上げ、即座に決めたか小坊主たちに、

「これ、なにをぼやぼやしておる。早う戸板を持ってこんか。御仏《みほとけ》をねんごろにお運びもうし上げるのじゃ」

命じると、

「御仏はいまわの際《きわ》に当寺を頼り、ここまで来て息絶えなさったのじゃろう。だから寺の壁にこうして……。よって御仏は当方にて弔いましょうぞ。よろしいかな、又左さんに御用筋の人」

有無を言わせぬ口調だった。

「し、しかし、この傷、尋常ではございませんが。昨夜この近くで喧嘩もあったとか」

「ま、納所さんがそうおっしゃるなら」

いかにも不満そうに言う左源太の袖を又左が引いた。二人の呼吸はぴたりと合っている。

すでに小坊主たちが三人ほど、山門のほうへ走っていた。すぐに戸板を運んでくることだろう。

このあと増上寺からはすぐさま、幸橋御門に寺僧が走るだろう。寺僧は松平屋敷で強調するはずだ。

『門前町で騒ぎがあったらしく、ご遺体を町方の手の者が持ち去ろうとしたのを阻止し、寺に引き取りましたのじゃ』

老中から感謝され、松平家からのお布施はかなりの額になるだろう。

「へへん。とまあ、そういうふうに。へい」

「兄《あに》さんも、けっこう役者ねえ」

さきほどの又左との掛け合いを自慢げに話す左源太に、お甲は感心したように言った。

六

割烹・紅亭の一室である。朝餉を終えたばかりだ。

「さあ、岩太。屋敷へ帰るのだ。増上寺よりも一足早く加勢どのに報告するのだ。それだけ屋敷も早く反応するだろう」

「はい」

岩太は紅亭を出た。龍之助から加勢充次郎への言付けもある。

――今日、午の刻（正午）甲州屋にて

である。

「さあてと、俺は奉行所だ。深川のその後が気になる。左源太、挟箱を担いで一緒に来るんだ。お甲は茶店の紅亭に行って、一番奥の部屋をきょうの詰所に確保しておいてくれ。親爺には話してあるから」

「あら、わたしが一番退屈な役目?」

「なにを言ってやがる。きょうあすがこんどの騒ぎの締めくくりだぜ。そのためのつなぎの場が茶店の紅亭だ。そのくらい先読みし、言われなくっても自分から行って留守居をしておれやい」

「んもう」

お甲は〝先読み〟を左源太に返され鼻をふくらませたが、石段下の紅亭を出るときには一緒に出た。

まだ朝のうちなのに神明宮への参詣客が通りに出ており、茶店の紅亭の縁台にも小僧を連れた商家の旦那風が座って茶を飲んでいた。

「あーぁ。きょう一日、退屈になりそう」

言いながらお甲は茶店の奥に入った。つなぎがあるとすれば、水野家の星相輝八郎であろうか。星相とのつなぎの場は、茶店の紅亭となっているのだ。

来れば龍之助は、深川の騒動は松平家の武藤三九郎なる横目付が張本《たばね》で、その手先が奥州無宿の者たちで、そのつなぎ役が星相らが富岡八幡宮前の舟寄場で捕え、猪牙舟の上で斬った中間の伝八であることなど、すべてを話してやるつもりだ。武藤三九郎が手先の無宿者たちを斬り、その武藤も昨夜増上寺の門前町で〝何者か〟に殺されたことも含めてだ。星相は得心するはずだ。

水野家は定信からまた圧迫の手がかかったとき、さらに明瞭な〝武器〟を持つことになる。星相が伝八の死体を金杉橋の下に捨てたのは、まさしくそうなることへの思惑を秘めたものだったのだ。

磯崎六蔵の死体が引っかかっていた新橋を過ぎた。すでに橋は下駄の音や大八車の騒音に包まれている。

すこし川上の幸橋御門内では、松平屋敷で岩太が加勢充次郎に報告しているころであろう。街道を北へ歩を取りながら、龍之助には加勢の驚愕する面相が浮かぶようだった。

「鬼頭さまらと門前町を探索しました。増上寺門前に逃げ込んでいる感触はありました。それが今朝早くです。岡っ引の左源太さんが鬼頭さまに言われ、土地の人と一緒に探索に出かけ、武藤三九郎さまの死体を見つけました。そこへ増上寺の坊さんが来られ、死体を引き取ったとのことです」

龍之助の意図したとおりの、岩太の報告だった。嘘をついているのではない。ただ一部を欠落させているだけなのだ。欠落しているのはもちろん、〝仇討ち〟の場面である。

加勢は驚愕し、龍之助からの言付けには、

「ふむ。午の刻、甲州屋だな」

二つ返事で応じた。

増上寺から遣いの寺僧が町駕籠を駆って松平屋敷の正面門に入ったのは、加勢が中奥の部屋で次席家老と鳩首しているときだった。話の内容はむろん、武藤三九郎の死体が増上寺に引き取られた件であった。一歩早く、岩太が加勢に伝えていた。そこへ来たのだ。

「なに！　増上寺の寺僧とな。これへ」

次席家老は使番《つかいばん》に命じた。玄関の使者ノ間ではない。

すり足で寺僧は中奥の部屋に入って来た。

あの納所坊主だった。

「町方の手の者がご遺体を町の自身番に運ぼうとするところ、拙僧が駈けつけ……」

自慢話のように話した。

大筋において、岩太の話と合致している。

納所坊主の帰ったあと、次席家老の犬垣伝左衛門はすぐに結論を出した。

納所坊主を追うように、加勢充次郎が松平家の使者として馬を駆り増上寺に向かった。轡取りは岩太で、足軽が二人駆け足で背後に随った。死体を載せる大八車は牽いていない。


京橋の騒音が聞こえてきた。

挟箱を担いでいても、職人姿では主従には見えない。だが街道では左源太もさすがに遠慮して半歩うしろに随っている。話は充分にできる。

龍之助のほうから、かすかにふり返り話しかけた。

「聞いたかい」

「なにをで」

「武藤三九郎さ。死ぬ間際によ」

「勝手なことを言ってやしたが」

「そうじゃねえ。このご時世をよ、〝いつまでつづくと思うか〟などと」

「あ、聞きやした。松平の家臣のくせして〝長くはないぞ〟などと。驚きやしたぜ」

街道に歩を踏みながらでは、かえって盗み聞きされる心配はない。奉行所の役人がそんな話をしているなど、誰も思わないだろう。

「驚くことはない。松平の家臣で、しかも横目付だからこそ、それを鋭敏に感じ取れるのかもしれねえ」

「えっ。だったらこのご時世、長くはねえってことで？」

「かもしれねえ」

急ぎの荷か、大八車が音とともに土ぼこりを上げ、二人を追い越して行った。

「ゴホン。おっ、もうこんなところだ。おめえ、その挟箱を組屋敷に置いたら宇田川町に戻り、甲州屋に行って俺と加勢どのがまた世話になるからと言っておいてくれ。そのまま甲州屋で待っておれ。そうそう、きょうの談合はなごやかなものになるゆえと、右左次郎さんに言っておいてくれ」

「へい。がってん」

左源太は威勢のいい返事をした。

二人は八丁堀への東と、呉服橋御門への西に別れた。

北町奉行所は平常に戻っていた。といっても、暇になったわけではない。いつものように門番詰所横の同心詰所には、公事を抱えた町人たちが詰めかけている。

正面玄関を入ると、大きな出役のあるようすはなく、同心溜りでは数人の同僚が文机に向かい、訴状などに目を通していた。他の者は深川での大量捕縛の影響が出ないか、それぞれ持ち場の町へ出向き、警戒に当たっているという。

平野与力はまだ茅場町の大番屋に張り付いていて、聞けばほとんど小伝馬町の牢屋敷に送り、富岡八幡宮門前の柏屋に留め置いた堅気の衆は百 敲《ひゃくたた》きのあと、その場で順次解き放しているという。入牢《じゅろう》は免れても、引き取りに来た親族や奉公人の前で刑が執行されるのだから、身体の苦痛よりも精神の苦痛のほうが大きいことだろう。

龍之助も文机に向かったが、公事の訴状に目を通しても武藤三九郎の一件を、御《お》留 書《とどめがき》に記すことはなかった。

「私も、まだ持ち場が心配です」

と、席を温めることなく、すぐに立った。ゆっくりと歩を進めても、太陽が中天にかかる時分には甲州屋の前に立てるころあいだ。

雪駄に低く土ぼこりを上げながら、

「――長くはないぞ」

武藤三九郎が死の淵で言った言葉が思い起こされる。奉行所では話せない、元松平家家臣の言葉だ。

角を曲がった。

甲州屋の暖簾の前に、加勢充次郎と岩太の中間姿が見えた。増上寺からの帰りだが馬は引いておらず、足軽二名も連れていない。

暖簾に入ろうとする加勢と目が合った。互いに挨拶を交わすことなどしない。岩太も心得ていて、素知らぬ風に暖簾の中に入った。

龍之助が右左次郎に案内され、いつもの部屋に入ったのは、加勢が席に着いてからすぐだった。

お茶の用意はすでにできている。

「昼餉《ひるげ》の膳もととのっておりますれば」

と、右左次郎は部屋を出た。龍之助の意が、右左次郎に通じていたようだ。左源太に〝談合はなごやかなものになる〟と言付けたのは、

(昼餉を加勢どのと共に)

との意思表示だったのだ。疲れているはずの左源太が、威勢のいい返事をしたはずである。

裏庭に面した部屋では、鳩首というよりも、互いにホッとした表情になっている。

龍之助から切り出した。

「けさ早く、増上寺の寺僧が侍らしい死体を寺内に運び去りましてなあ。殺害は昨夜

のことでしょう。土地の者の処理がよく、騒ぎにも噂にもなりませんなんだ。誰が、なぜ増上寺の壁に？　あはは、加勢どの。お察しなされ。あのあたりの土地柄、些細なことからの喧嘩は日常でござってなあ。そういうのを探索すれば、かえって騒ぎになり、噂にもなります」

「ふむ」

加勢はうなずき、

「その死体、さきほどそれがしが増上寺に出向き、確認しましたじゃ。無縁仏として葬るよう寺にお布施を包んでおきましてな。そうそう、きのうでござったか、当家の家士が一人、国おもてに役務替えになりまして。急遽出立《しゅったつ》しましたわい」

増上寺では無縁仏に、屋敷ではそう処理したようだ。

「ふむ。えっ。さようなこと、それがしに話されなくとも」

「いや。そなたこそ寺社の門前町のことなど、わしに話されずとも」

「ふむ。さようでござるなあ、ふふ」

「あははは」

二人は同時に湯飲みを口に運び、互いに顔を見合わせ、笑い顔をつくった。二人とも、そのことを確認したかったのだ。

龍之助が廊下のほうへ手を打った。

膳が運ばれてきた。

箸を動かしながら二人のやりとりはつづき、そのなかに加勢は、

「その死体じゃが、ご政道について、なにか言っていたとは聞いておりませんかな」

ふと言った。

確かに聞いた。長くはない……と。

だが、龍之助は応えた。岩太もその場にはいなかったことになっているのだ。話しているはずはない。

「いや、別に」

「うーん、さようでござるか。その者、ご政道ゆえに道を間違ったのかもしれぬゆえなあ」

加勢は味噌汁の椀に音を立てた。

(そのとおりでござるよ、加勢どの)

龍之助は胸中につぶやき、

(この仁も、ご政道の現実的でないことにお気づきのようだ)

思った。だから加勢は、龍之助に問いを入れたのだろう。

話はそこまでだった。

帰りである。街道の紅亭に向かいながら、左源太が言った。

「へへ。岩太が言っておりやしたぜ。武藤三九郎を無縁仏にするのは、湯灌場《ゆかんば》で死体を検めてからじゃなくって、屋敷を出る前《めえ》から決まっていたと、そんな雰囲気だったって。大八車も端《はな》から用意しなかったらしいからねえ」

「そのようだなあ」

龍之助は返し、

（松平家のご家中もご苦労なことよ。ご政道の後始末を、家臣がつけてござる）

さっき別れたばかりの加勢充次郎の顔を、脳裡に浮かべていた。

茶店の紅亭に着くと、

「あら、左源太さん。ついさっき、前にも来たことがあるお武家が見えて、お甲さんが出てなにやらお話を」

「兄イ」

茶汲み女が言ったのへ、左源太は龍之助と顔を見合わせた。

果たして水野屋敷の星相輝八郎だ。

龍之助とのつなぎ役の左源太を訪ねると、茶汲み女はお甲につなぎ、奥から出て来たのがあの日の女壺振りとあっては、星相はさぞ驚いたことだろう。

「あらあ、二人一緒でしたか。ちょうどよござんした」

と、そのお甲が奥の部屋から出て来た。

お甲が、龍之助は他出していて、もうすぐ帰って来るはずだと武士に告げると、神明宮にぶらりと参詣してからまた来るといって出て行ったという。

「左源太、找《さが》して来い」

「へい」

左源太は神明町の通りのほうへ走った。

「龍之助さまア、あたしは？」

「おう。もう帰っていいぞ」

「んもお」

お甲はまた鼻を鳴らした。

七

星相輝八郎が、茶店・紅亭の部屋で龍之助と向かい合ったのは、そのあとすぐだった。左源太はあちこちうろつくことなく、神明宮の境内で見つけたようだ。

部屋といっても、割烹の紅亭のように明かり取りの障子があって、その向こうが庭に面した廊下といった造作ではない。板壁に櫺子窓《れんじまど》があり、窓の外が神明町の通りで、一応畳の部屋だが襖などなく、すべて板戸だ。

「さすがは町方のお人で、みょうな詰所をお持ちですなあ。それに……」

胡坐居に腰を下ろしながら言う星相に、

「いやいや、星相どの。この二、三日、多忙を極めましてなあ」

龍之助は対手の口を封じるように切り出し、

「というのは……」

と、これまでの経過を話しはじめた。

龍之助は星相がなぜ自分につなぎを求めて来たかを解している。金杉橋の下に運んだ中間の死体のその後を、星相は知りたがっているのだ。

一番奥の部屋で、隣は言われなくても茶店の親爺が空き部屋にしているため、話を盗み聞きされる心配はない。

龍之助の話す内容に、岩太が加勢に報告したのとおなじで、欠落はあっても脚色はない。

星相らによる中間の拉致が、深川での大捕物を実のあるものにした話に、

「まことに！」

星相は腰を浮かせて驚き、張本《たばね》がこともあろうに松平屋敷の横目付で、当人は逃亡を図って昨夜この近くで殺され、松平家がその者を増上寺で無縁仏にしたことには、

「ふーむ。ふむ、ふむ」

と、幾度もうなずきを入れていた。

欠落した部分は、殺したのが松平屋敷より探索を依頼された龍之助たちだったことである。

それでも星相にとって、龍之助の話は総身《そうみ》が震えるほどに実りのあるものだった。水野家三万石にとって松平定信の攻勢をいかにかわすかは、お家の存亡に関わることなのだ。松平家の秘匿しているものを知れば、それは大きな盾となる。

龍之助は話しながら、

「――こんなご時世、長くはないぞ」

奥州無宿や武藤三九郎らの言った言葉を、さらに加勢充次郎までがそこに気づきはじめていることを、星相に披露できないのが残念だった。その部分こそ、欠落させたなかに出てきた話なのだ。

なにか言いたそうな龍之助の表情を読んだか、星相は最初に言いかけた問いをその場にながした。

「左源太にお甲と申しましたか、お手前の手下《てか》のようでござるが、将監橋での手裏剣といい、あの者たちはいったい……」

「あははは」

龍之助はまたさえぎり、

「お江戸に住まっているのは武士ばかりではござるまい。町場にも得体の知れぬ者は多く、手下にはそれに見合った者も必要でしてな」

「そういうものでござるか」

星相は問いをあきらめ、龍之助をまじまじと見つめた。

（なかでもおぬしが、最も得体が知れぬわ）

その顔は言っているようだった。

星相輝八郎が帰ったあと、伊三次と一度帰した左源太を呼んだ。

「深川の万造に言っておけ。欲を出すな、と」

言付けた。

奉行所の白洲が動きはじめれば、江戸中の貸元たちも動きはじめるだろう。空白になった町は他の貸元たちの草刈り場となる。当然奉行所はそこに目を光らせている。とくに発端となった富岡八幡宮の門前町には、奉行所は人数も入れている。龍之助の忠告は、万造の身を案じてのことだった。

北町奉行所の白洲は、その翌日から始まった。

龍之助も白洲の床几《しょうぎ》に腰を据え、詮議を見守った。

上座の裁許座敷《さいきょざしき》に、長袴《ながばかま》で助与力《すけよりき》や書役《かきやく》を従え座したのは、平野与力だった。小伝馬町の牢屋敷から護送されてきた囚人たちが、つぎつぎと粗莚《あらむしろ》の上に引き出される。いずれも富岡八幡宮門前の柏屋から茅場町の大番屋に送られ、さらに小伝馬町に送られた者たちだ。手負いの浪人ふたりもそこにいた。

平野与力は、一人また一人と裁許を申し渡していった。いずれも、

——永《なが》の遠島

だった。

生きてふたたび娑婆《しゃば》に戻ることはない。

「な、なぜですかい！　丁半を張っただけじゃござんせんかいっ」

叫ぶ者もいた。捕方から容赦なく六尺棒で打たれる。

三日間にわたったお白洲で、永《なが》の遠島となった貸元や代貸、博徒、浪人らは二十人を超えた。最後の日には柏屋のあるじが粗莚《あらむしろ》に据えられた。

――闕所《けっしょ》（私財没収）の上、永の江戸所払いだった。

すべての裁許が終わった日、龍之助はそっと与力部屋に平野準一郎を訪ねた。

部屋に入るなり、平野与力のほうから言った。

「おう、鬼頭かい。来ると思っていたぜ。軒並みに遠島とは重過ぎるし、拙速じゃねえかと言いてえのだろう」

「へえ。さようで」

龍之助は端座の姿勢で返した。平野は胡坐を組んでいる。

「あはは、仕方がなかったのよ。お奉行にせっつかれてなあ」

「はあ」

龍之助は得心した。

平野与力をせっつく奉行の曲淵影漸は、柳営で松平定信からさらに激しくせっつかれているのだ。

「しかしなあ、お奉行は見せしめに鈴ケ森《すずがもり》と小塚原《こづかつぱら》で幾人か磔刑《はりつけ》にしろとおっしゃったが、やつら人を殺したわけでもねえ。さすがにそこまではできねえ。それに流人船が出るのは春と秋の年二回だ。間もなく出る。間に合わせなきゃな。出してしまえば磔刑も打ち首もあるまい」

「はあ。はあ、はあ」

と、こんどは溜飲を下げる思いになった。同時に、

「――こんなご時世、長くはないぞ」

声が脳裡をよぎった。

「平野さま」

「なんだ」

「このご時世、いつまでつづきましょうや」

奉行所の中でも、相手が平野与力だからこそ出せる問いだ。だが、口にする心情は、極度に緊張している。つい古風な言い方になった。

「ふふふ。鬼頭よ」

「はあ」

「おめえ、なにか関わってんのじゃねえのか」

逆に平野与力はいっそう伝法な口調になった。

「お奉行が言うておいでじゃった。こんどの件で、ほれ、松平屋敷からみょうな横槍があったろう」

「はい」

「それ以来らしいぜ。老中さんは急に柳営でもイライラするようになって、それからだそうだ。厳罰に処せの磔刑を幾人か出せのと、口走るようになったのはなあ。こいつはなあ、なんだぜ。新たなご禁制がまたまた繰り出され、世の中アますます住みにくくなるぜ。いったい、なにがあったのだ」

平野は龍之助の顔をじろりと見た。

「そ、それは」

龍之助はいささか口ごもり、

「やはり、お心の固い松平さまのご性質で……。つまりそれが、定信さまの道……」

「そうさなあ。引くに引けぬ道、そう長くは……いや、困ったことよ」

平野もなにかを言いかけ、言葉を変えた。

「はい。困ったことです」

龍之助が明瞭な口調で返したのへ、平野は無言のうなずきを見せた。

部屋の中は暗くなりかけている。

平野は帰り支度をはじめ、龍之助は部屋を出た。

同心溜りにはもう誰もいなかった。

一人になり、

(逆に、ご政道の強化を呼んでしまったのか)

複雑な思いになると同時に、

「――こんなご時世、いつまでもつづくか」

奥州無宿や武藤三九郎らの言葉が、また脳裡によみがえってきた。

「よしっ」

心中に気合を入れた。

正面門に茂市が挟箱を担いで待っていた。先に一人で帰した。

今宵、左源太とお甲を相手に、思い切り飲みたい心境になったのだった。

時代小説

二見時代小説文庫

さむらい博徒《ばくと》　はぐれ同心《どうしん》　闇裁《やみさば》き10

著者　喜安幸夫《きやすゆきお》

発行所　株式会社　二見書房
東京都千代田区三崎町二－一八－一一
電話　〇三－三五一五－二三一一［営業］
〇三－三五一五－二三一三［編集］
振替　〇〇一七〇－四－二六三九

印刷　株式会社　堀内印刷所
製本　ナショナル製本協同組合

落丁・乱丁本はお取り替えいたします。
定価は、カバーに表示してあります。

ISBN978－4－576－13089－7
http://www.futami.co.jp/

はぐれ同心 闇裁き 龍之助江戸草紙

喜安幸夫［著］

時の老中のおとし胤が北町奉行所の同心になった。女壺振りと島帰りを手下に型破りな手法と豪剣で、悪を裁く！ワルも一目置く人情同心が巨悪に挑む新シリーズ

隠れ刃 はぐれ同心 闇裁き2

喜安幸夫［著］

町人には許されぬ仇討ちに人情同心の龍之助が助っ人。敵の武士は松平定信の家臣、尋常の勝負はできない。〝闇の仇討ち〟の秘策とは？大好評シリーズ第2弾

因果の棺桶 はぐれ同心 闇裁き3

喜安幸夫［著］

死期の近い老母が打った一世一代の大芝居が思わぬ魔手を引き寄せた。天下の松平を向こうにまわし龍之助の剣と知略が冴える！大好評シリーズ第3弾

老中の迷走 はぐれ同心 闇裁き4

喜安幸夫［著］

百姓代の命がけの直訴を闇に葬ろうとする松平定信の黒い罠！龍之助が策した手助けの成否は？これぞ町方の心意気、天下の老中を相手に弱きを助けて大活躍！

斬り込み はぐれ同心 闇裁き5

喜安幸夫［著］

時の老中の家臣が水茶屋の妓に入れ揚げ、散財しているという。極秘に妓を〝始末〟するべく、老中一派は龍之助に探索を依頼する。武士の情けから龍之助がとった手段とは？

槍突き無宿 はぐれ同心 闇裁き6

喜安幸夫［著］

江戸の町では、槍突きと辻斬り事件が頻発していた。奇妙なことに物盗りの仕業ではない。町衆の合力を得て、謎を追う同心・鬼頭龍之助が知った哀しい真実！

二見時代小説文庫

口封じ　はぐれ同心 闇裁き7
喜安幸夫［著］
大名や旗本までを巻き込む巨大な抜荷事件の探索を続ける同心・鬼頭龍之助は、自らの〝正体〟に迫り来たる影の存在に気づくが……大人気シリーズ第7弾

強請《ゆすり》の代償　はぐれ同心 闇裁き8
喜安幸夫［著］
悪徳牢屋同心による卑劣きわまる強請事件。被害者かと思われた商家の妾には哀しくもしたたかな女の計算が。悪いのは女、それとも男？　同心鬼頭龍之助の裁きは⁉

追われ者　はぐれ同心 闇裁き9
喜安幸夫［著］
夜鷹が一刀で斬殺され、次は若い酌婦が犠牲に。犯人の真の標的とは？　龍之助はその手口から、七年前に起きたある事件に解決の糸口を見出すが……第9弾

夜逃げ若殿 捕物噺　夢千両すご腕始末
聖龍人［著］
御三卿ゆかりの姫との祝言を前に、江戸下屋敷から逃げ出した稲月千太郎。黒縮緬の羽織に朱鞘の大小、骨董目利きの才と剣の腕で江戸の難事件解決に挑む！

夢の手ほどき　夜逃げ若殿 捕物噺2
聖龍人［著］
稲月三万五千石の千太郎君、故あって江戸下屋敷を出奔。骨董商・片岡屋に居候して山之宿の弥市親分とともに謎解きの才と秘剣で大活躍！　大好評シリーズ第2弾

姫さま同心　夜逃げ若殿 捕物噺3
聖龍人［著］
若殿の許婚・由布姫は邸を抜け出て悪人退治。稲月三万五千石の千太郎君との祝言までの日々を楽しむべく由布姫は江戸の町に出たが事件に巻き込まれた！